U0081902

逃出這本書 2

金字塔歷險

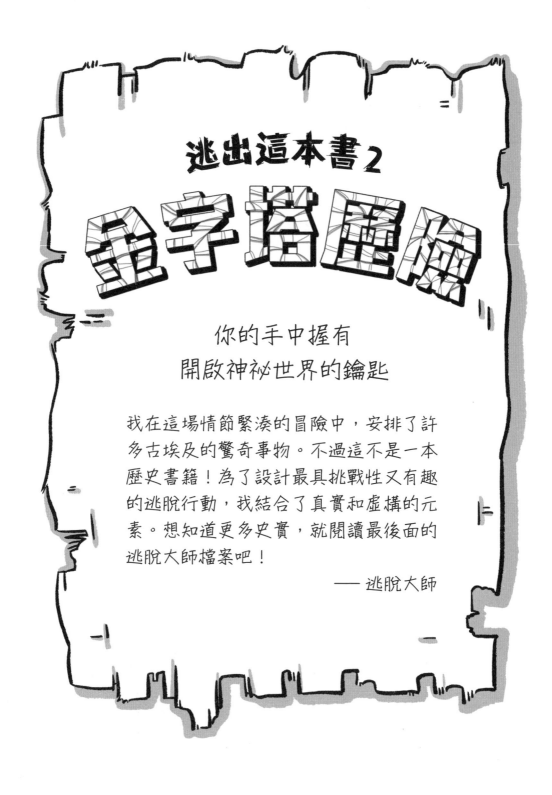

你的手中握有
開啟神祕世界的鑰匙

我在這場情節緊湊的冒險中，安排了許多古埃及的驚奇事物。不過這不是一本歷史書籍！為了設計最具挑戰性又有趣的逃脫行動，我結合了真實和虛構的元素。想知道更多史實，就閱讀最後面的逃脫大師檔案吧！

—— 逃脫大師

小心，別在正式開始前就被壓扁了！
這是你！
快，在這裡畫出網子，
攔住石塊，
避免砸到你！
完成後，
翻到下一頁。

逃出這本書2

金字塔歷險

文／比爾．道爾

圖／莎拉．賽克斯 和 你

譯／謝靜雯

這是一本虛構的作品，除了知名的歷史人物事件外，書中的故事、對話，包括角色，都是作者創造出來而非真實存在。為了配合情節需要和閱讀樂趣，許多畫面和對白因此加入想像設計，並不是按真實史實描繪。如果這些創造出來的情節跟某些現實事件相符，則純屬巧合。

知識讀本館

逃出這本書2 金字塔歷險

ESCAPE THIS BOOK! TOMBS OF EGYPT

作者｜比爾．道爾 Bill Doyle　繪者｜莎拉．賽克斯 Sarah Sax　譯者｜謝靜雯
責任編輯｜戴淳雅　特約編輯｜堯力兒　美術設計｜李潔
行銷企劃｜劉盈萱

天下雜誌群創辦人｜殷允芃　董事長兼執行長｜何琦瑜
兒童產品事業群
副總經理｜林彥傑　總編輯｜林欣靜
版權主任｜何晨瑋、黃微真

出版者｜親子天下股份有限公司　地址｜臺北市104建國北路一段96號4樓
電話｜（02）2509-2800　傳真｜（02）2509-2462　網址｜www.parenting.com.tw
讀者服務專線｜（02）2662-0332　週一～週五 09:00~17:30
讀者服務傳真｜（02）2662-6048　客服信箱｜parenting@cw.com.tw
法律顧問｜台英國際商務法律事務所．羅明通律師
製版印刷｜中原造像股份有限公司
總經銷｜大和圖書有限公司　電話（02）8990-2588

出版日期｜2020年7月第一版第一次印行
2022年9月第一版第七次印行
定價｜280元　書號｜BKKKC152P　ISBN｜978-957-503-624-9（平裝）

訂購服務
親子天下 Shopping｜shopping.parenting.com.tw
海外．大量訂購｜parenting@cw.com.tw
書香花園｜台北市建國北路二段6巷11號　電話（02）2506-1635
劃撥帳號｜50331356　親子天下股份有限公司

立即購買 >

國家圖書館出版品預行編目資料

逃出這本書 2 金字塔歷險 /
比爾．道爾 Bill Doyle 著 ;
莎拉．賽克斯 Sarah Sax 繪;謝靜雯譯.
-- 第一版. -- 臺北市 : 親子天下，2020.07
192面 ; 17 x 21.8公分. --
譯自 : ESCAPE THIS BOOK! TOMBS OF EGYPT
ISBN 978-957-503-624-9 (平裝)

874.596　109007437

ESCAPE THIS BOOK! TOMBS OF EGYPT
Text copyright © 2020 by Bill Doyle
Cover art and interior illustrations
copyright © 2020 by Sarah Sax
This translation published by arrangement with Random House Children's Books, a division of Penguin Random House LLC through Bardon-Chinese Media Agency.

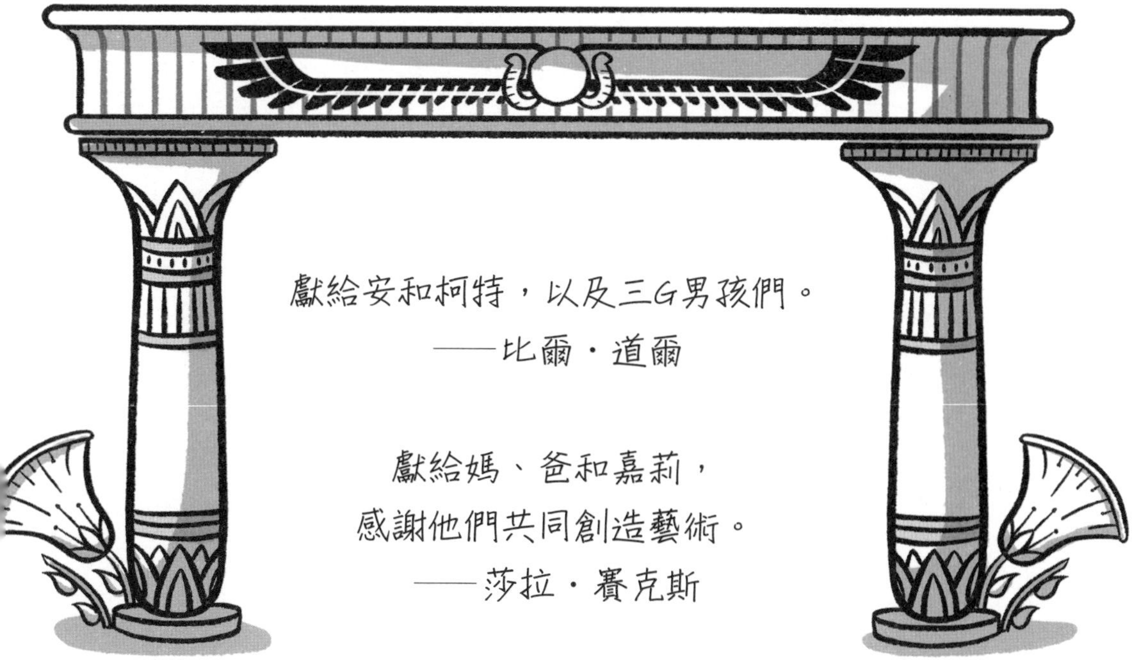

獻給安和柯特，以及三G男孩們。
——比爾・道爾

獻給媽、爸和嘉莉，
感謝他們共同創造藝術。
——莎拉・賽克斯

將你的臉畫在這座人面獅身像上。
在好幾世紀以前，這座雕像就失去了
鼻子和尖尖的假鬍子，幫它畫回去吧！

從這裡往上摺
畫完之後，
將這頁的書角朝你的
方向往上摺。

這座人面獅身像擁有獅子的身體
和法老的腦袋，大約在4500年前
雕刻而成！它蹲守在墓旁，
好在統治者重生時保護他。

你被困在這本書裡，
而這本書是一座古埃及的墳墓！

再過幾頁，你就會被鎖進墓室，或被長達1.6公里的大蛇追殺，或駕著雙輪戰車在沙漠衝刺。

我是誰？我可是全世界最偉大的逃脫大師！我正想找位幫手，跟我一起挑戰非常特別的任務。如果你成功逃離這本書，證明自己的能耐，就可以獲得更多訊息——包括我在哪裡。

我現在走不開，所以派出寵物囊鼠阿米卡斯，在你歷險時觀察和幫助你。牠是個偽裝大師（當然沒我厲害！），不過你要畫出來才看得到牠。必要時我會讓你知道，牠就在你身邊。

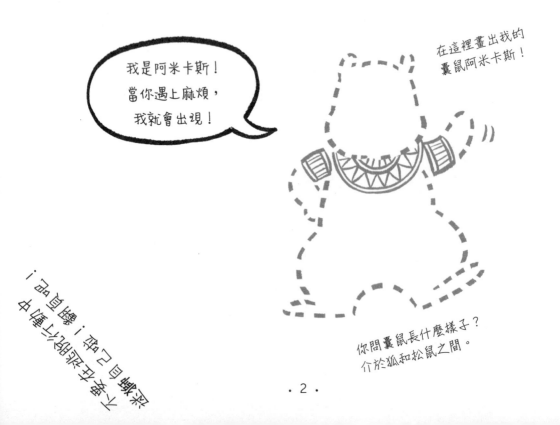

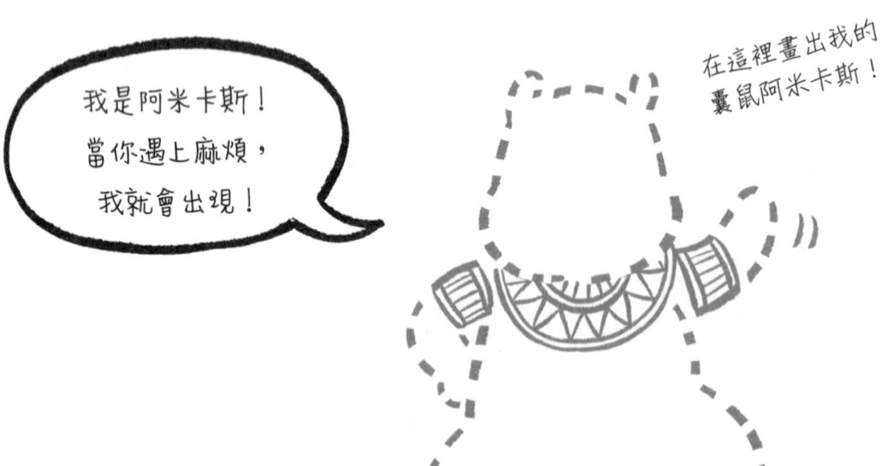
我是阿米卡斯！
當你遇上麻煩，
我就會出現！
在這裡畫出我的
囊鼠阿米卡斯！

你問囊鼠長什麼樣子？
介於狐和松鼠之間。

不要在逃脫行動中
迷獅自己喔！翻頁吧！

為了活下去，你必須塗鴉、破壞並決定你的下一步。當你準備塗鴉和破壞時，一隻削尖的鉛筆或原子筆可以幫忙你「穿透」頁面！現在就試試以下三個快速挑戰，練習逃脫技術吧！

快破壞！

別害怕弄壞書頁。當我告訴你要撕扯、翻摺或揉皺頁面時就動手吧，這可是分秒必爭！

快速挑戰1

1922 年，一位名叫霍華德．卡特的考古學家發現了圖坦卡門國王陵墓的入口。請問卡特在這陵墓的門上鑿洞、塞了一根蠟燭進去時，看到了什麼？

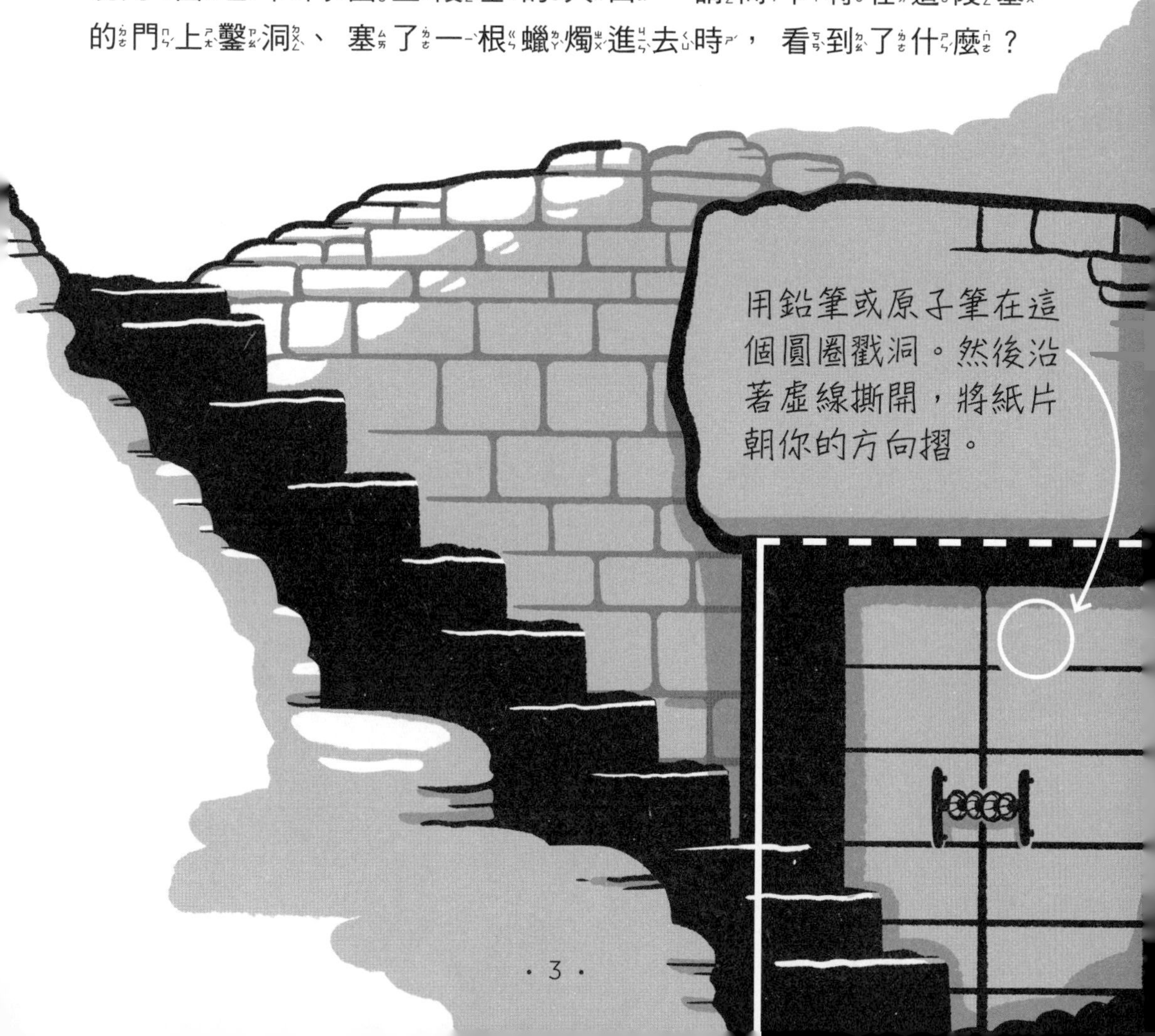
用鉛筆或原子筆在這個圓圈戳洞。然後沿著虛線撕開，將紙片朝你的方向摺。

當你挑選逃生路線時，必須迅速做判斷，解開我的謎題！本書最後的「逃脫大師檔案」中，記載許多能幫助你的資訊。只要看到這個檔案夾的圖案，就照指示翻到那些頁面。當然，我也歡迎你隨時想看就看！

做決定！

快速挑戰2

你聽過木乃伊的詛咒嗎？很多人相信這種詛咒會害你生重病——甚至更慘！

如果你決定在進入一座古埃及陵墓以前，先認識一下圖坦卡門的「詛咒」，請翻到第 175 頁；如果你懶得這麼做，就冒個險直接看下一頁吧！

175

「真是令人驚豔……是實心的黃金牆壁啊。」那就是卡特在圖坦卡門的陵墓裡第一眼看到的東西。
翻頁！

準備用畫筆解決
這個難題！

快塗鴉！

快速挑戰3

吉薩的古夫金字塔是現今唯一留存的古代世界七大奇觀。這是為一位名叫古夫的法老（古埃及的統治者）所建的陵墓，它有將近 4000 年都是世上最高的建築。

175

為了讓大家永遠記住你，你會建造什麼東西？
在這裡畫出來！

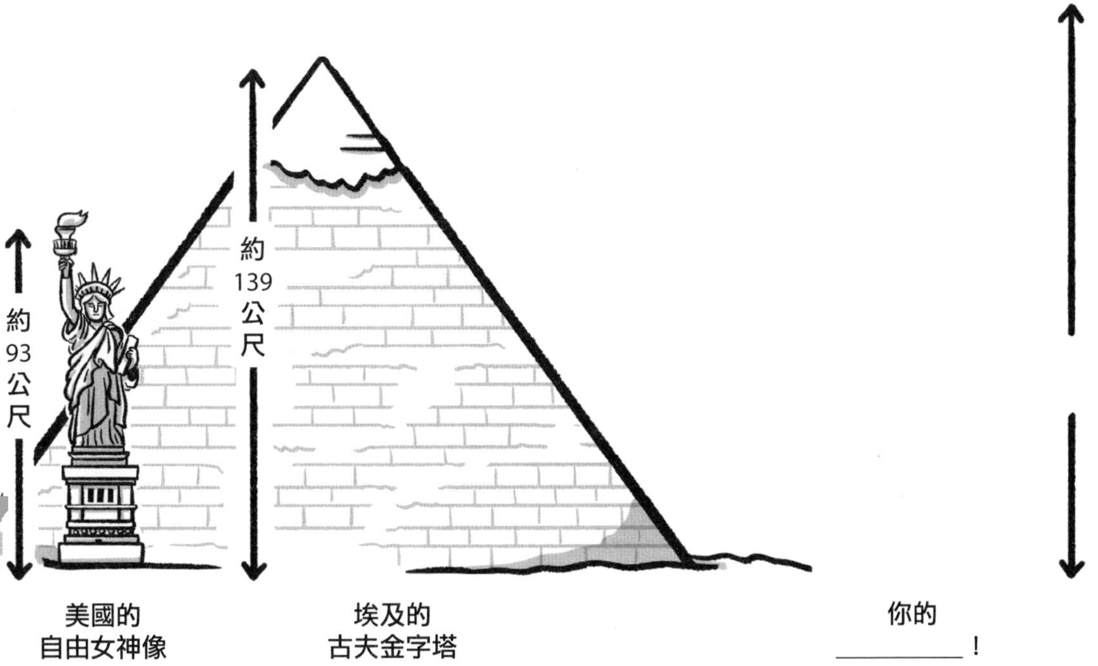
約93公尺
約139公尺
美國的自由女神像
埃及的古夫金字塔
你的 ＿＿＿＿＿！

在目前發掘出來的一百多座金字塔中，
古夫金字塔是最大的，比美國的自由女神像高超過45公尺。

翻到下一頁。

很好！你已經掌握基本規則，現在來看看你到底在哪個時代！

古埃及帝國延續約3100年，當時的人民觀念很先進（跟我一樣！）。你知道一天24小時、一年365天的曆法是從古埃及發展出來的嗎？古埃及人發明了筆、鎖和鑰匙，甚至還有牙膏——據說是用牛蹄、灰燼、燒焦的蛋殼做成，好像很好吃！

西元前3200年左右－古埃及帝國開始發展。

西元前30年－古埃及帝國終結。

西元100年左右－中國出現造紙術。

西元1325年－阿茲特克人打造「特諾奇提特蘭」湖上大城（位於今墨西哥中部）。

西元1776年－美國宣布獨立。

西元1971年－第一封電子郵件被寄出。

西元 _____ 年－你出生了！

↑

寫下你出生的年分

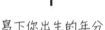

你在古埃及帝國開始的五千多年後來到世上。這段時間以現在的科技估算，幾乎可以單程飛往火星大約 6600 次。

前往下一頁。

在這趟歷險中，你要扮演誰？

這裡有三條不同的路線可以逃出這本書。先選一個空格，寫上你的名字，然後開始行動。我之後會把你送回這裡，讓你嘗試其他路線！

法老

____

想當一日古埃及統治者嗎？這條路線是以歷史上偉大法老「哈謝普蘇」的成長年代當故事背景。不過你的冒險會比這位法老的童年還精彩——抓緊啦！翻到第8頁。

考古學家

____

考古學家會挖掘出不可思議的發現——你也不例外。你即將發掘並進入一座不為人知的古墓……可是你出得來嗎？一路挖到第76頁。

金字塔工人

____

你是幾千名技術熟練的工人之一，你們在打造全世界最神奇的建築。那些技術能幫你逃過被做成木乃伊的命運嗎？前往第128頁。

開啟你的大逃脫行動吧！

法老路線

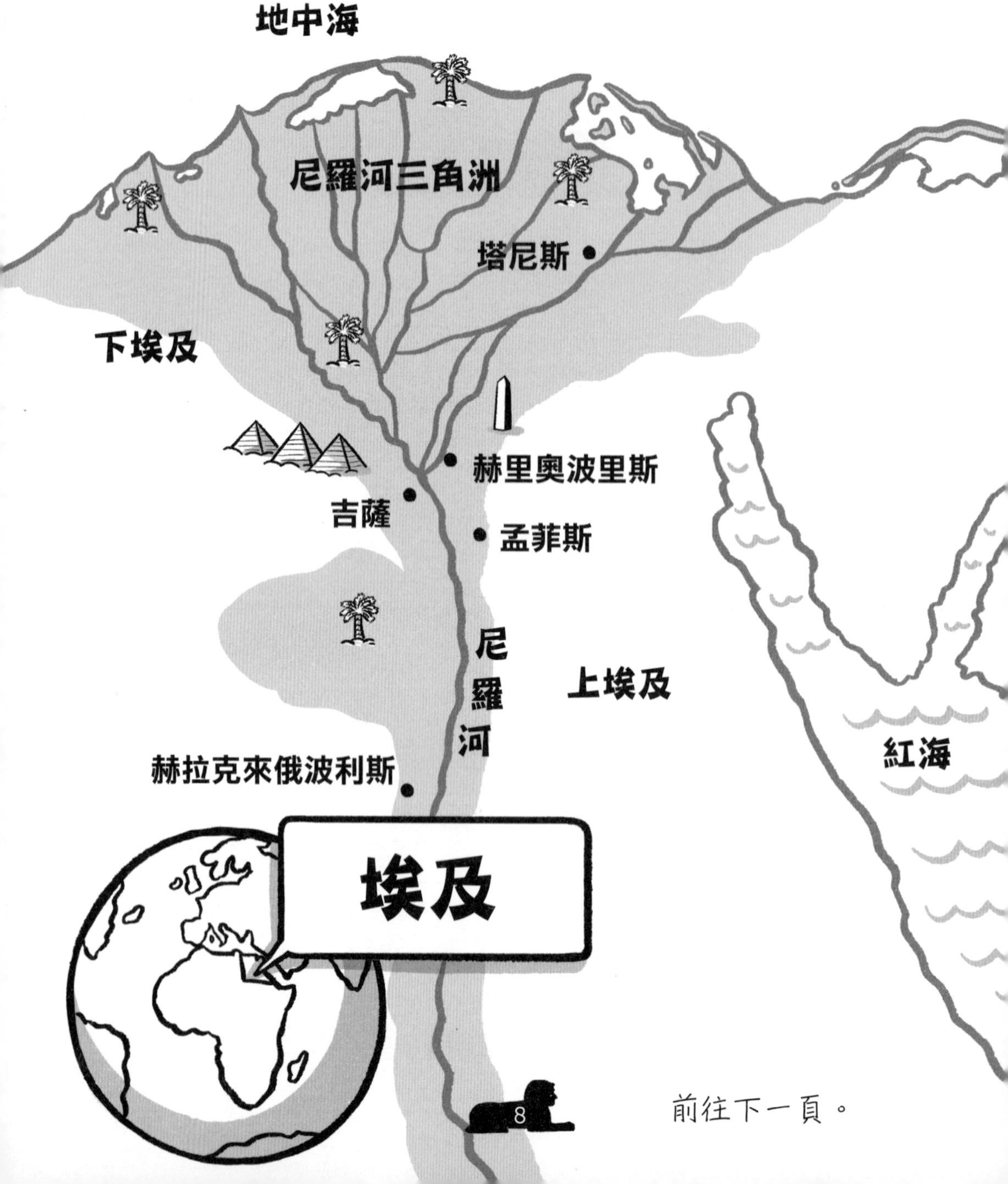
地中海
尼羅河三角洲
塔尼斯
下埃及
赫里奧波里斯
吉薩
孟菲斯
尼羅河
上埃及
紅海
赫拉克來俄波利斯
埃及

前往下一頁。

176

所以你想要統治古埃及一天嗎？好，首先你要打扮得像個法老。如果你不翻到這本書的後面，就得用猜的了！

在你的頭上畫出古埃及王冠。

在你的手上畫出兩種象徵權勢的物品。一個是權杖，另一個是連枷。

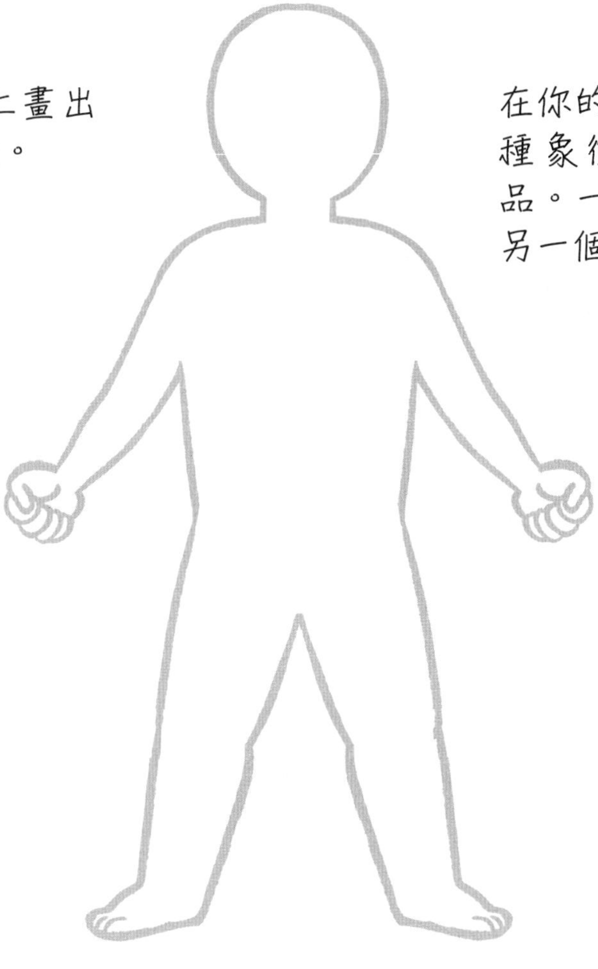

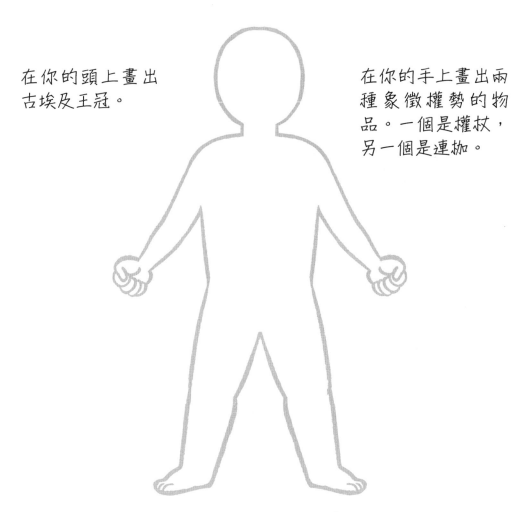

你畫的王冠上有沒有一隻雞？

如果有，翻到第27頁。
如果沒有，翻到第10頁。

嗯……我想你畫得算是很接近了啦。

恭喜！現在是 3500 年前，你是當時埃及最高的統治者。唔，我應該說，你離成為法老還有一小段距離，你要先完成逃脫行動才行！你是目前在位的法老「圖特摩斯一世」的第一個孩子，你正在王室花園和奶媽的四個孩子玩遊戲。其中跟你同齡的伊內妮正在教大家新舞步。

「錯了啦！」她告訴你，「這樣才對！」你喜歡伊內妮，可是她有時候很愛指揮別人。

（我當然不認識這種個性的人。
現在繼續讀下去，動作快！）

伊內妮抬高一條腿往外踢，卻重心不穩的跌倒了，一屁股壓在一顆西瓜上。

像你這樣高貴的存在，去嘲笑平民，尤其是朋友，是很不得體的行為。你咯咯笑的時候，伊內妮一臉受傷的樣子，可是你就是忍不住！

畫出伊內妮壓扁西瓜的景象。

前往下一頁。

你有辦法像伊內妮那樣把腿踢高嗎？把筆尖放在箭頭指的地方。用任意兩根手指 —— 但不能用拇指 —— 夾住筆的頂端。現在把筆尖推向目標，就像將腿踢高！看筆尖落在哪張紙片，就沿著虛線撕開，然後將紙片摺過來。

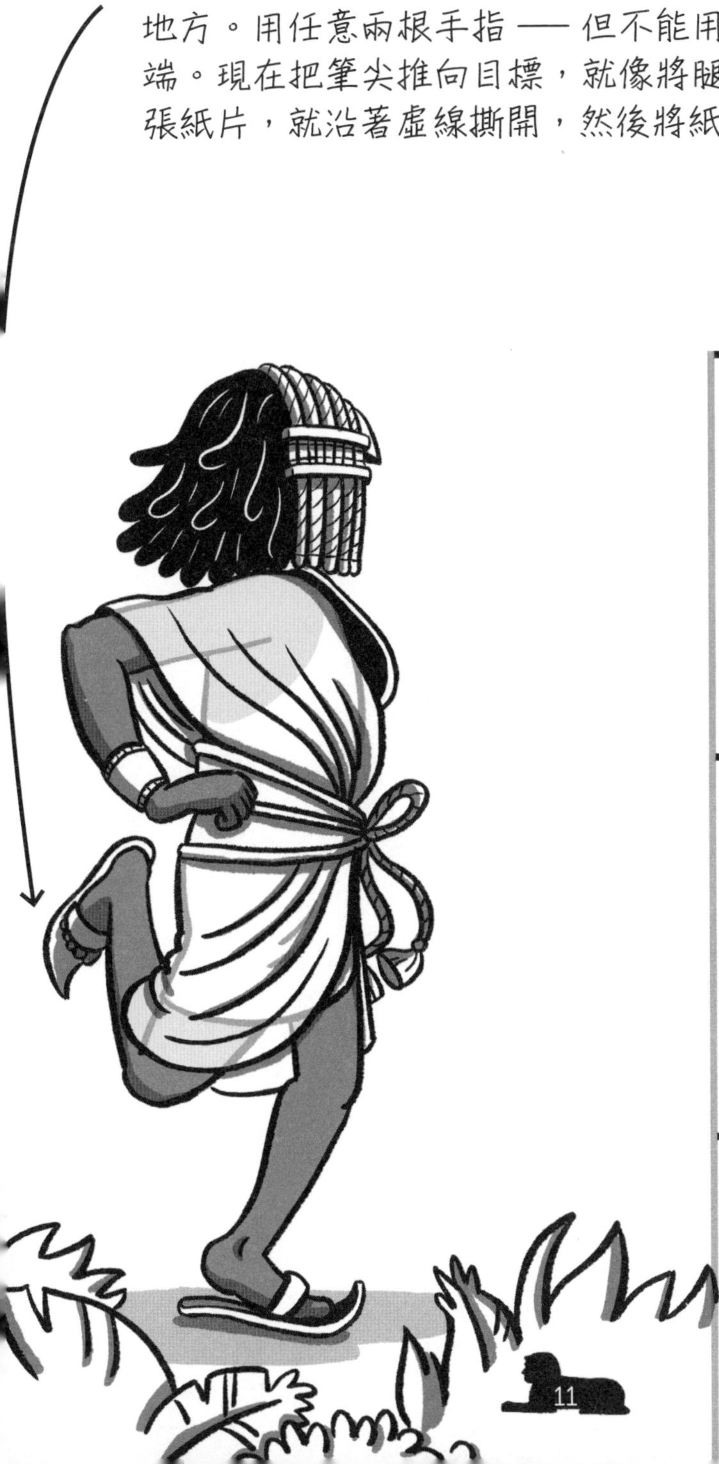

你咯咯笑的時候，坐在角落裡的書記官「嘖」了一聲，並記下你缺乏仁慈的表現。你知道他正在替你爸爸進行一項計畫，卻不知道那到底是什麼。

書記官（或書吏）負責記錄發生的事，有點像歷史學家。他們盤腿坐著寫字時，短裙的硬挺部分就能當成隨身攜帶的寫字桌。

做得好，翻到下一頁！

再踢高一點！

不夠高，繼續踢！

畫完後，
將這個書角往下摺。

但你可不會讓書記官破壞你的玩樂心情。

「我們來試別的遊戲！」你下令。（你可以這麼做，因為你是王室成員！）

就像所有的古埃及小孩，你喜歡賽跑、摔角、用棕櫚樹枝擊球。當然還有拔河——但是不用繩子：兩隊隊長緊緊握住手，隊員則各排在隊長後面，將隊長往後拉。當一隊把另一隊的每個成員都拉過了分界線，就算贏。

來比賽拔河！
你找哪些朋友或家人
來當自己的隊員？
畫出來吧！

「我贏啦！」你開心得手舞足蹈，伊內妮和她朋友則一臉難過。你看到書記官快筆記下你的反應。誰在乎啊？你暗想。你喜歡贏……像對你最愛的狒狒那樣喜歡。身為王室成員好處很多——例如得到奇妙的寵物！

你熱愛動物，但特別喜愛你的狒狒。訓練牠摘下最美味的無花果吧！方法如下：

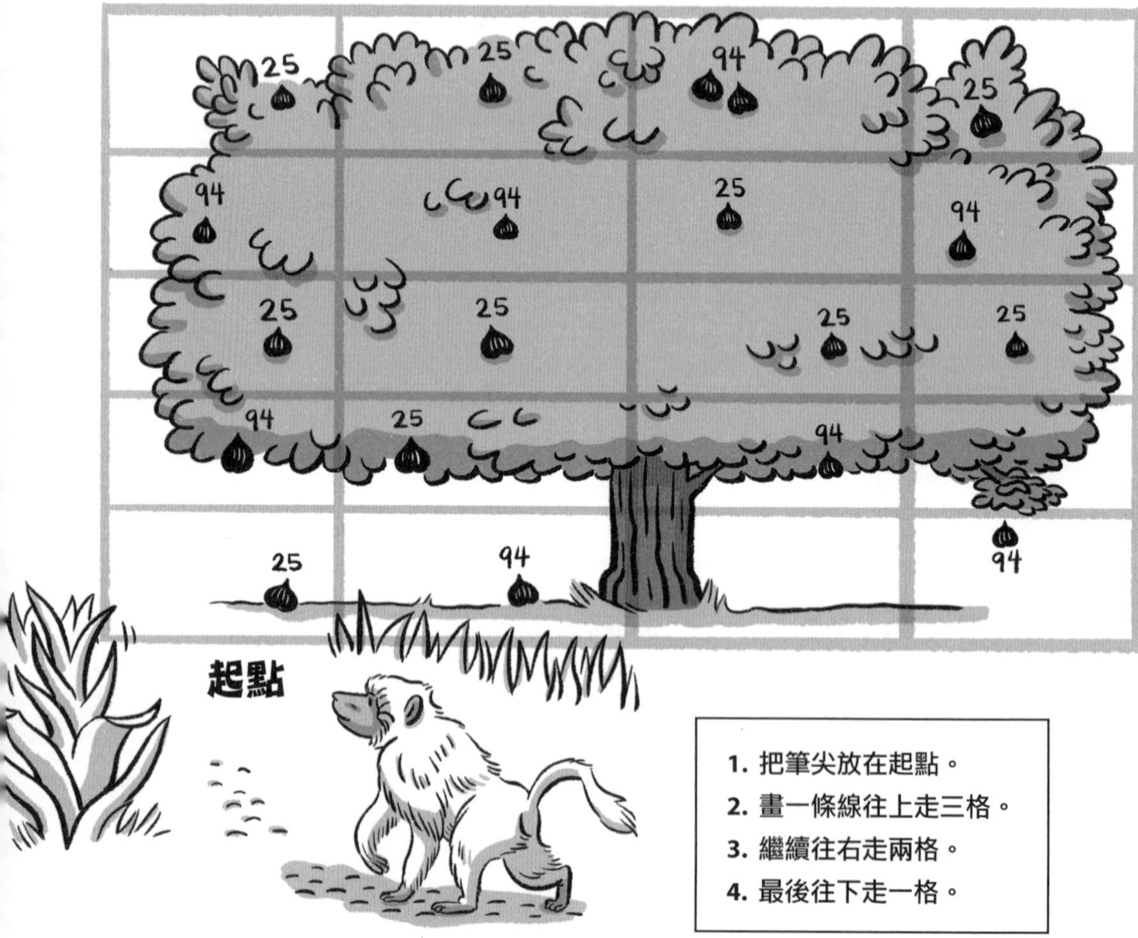
25
25
94
25
94
94
25
94
25
25
25
25
94
25
94
94
25
94
起點

1. 把筆尖放在起點。
2. 畫一條線往上走三格。
3. 繼續往右走兩格。
4. 最後往下走一格。

將那顆無花果的數字寫在這裡：______

現在翻到那一頁！

你畫了多少人在你的隊上？如果是三個以上，翻到第14頁。如果不到三個，翻到第17頁。

審判認定你的心是純潔的！現在你可以乘著太陽神「拉」的太陽之船飛越天際！

這時，阿佩普躍入空中擋在你前面！牠想阻止拉帶著太陽越過天空……當然也想吃掉你。阿佩普試著用牠的魔眼催眠拉。

你要怎麼逃離恐怖的阿佩普？能不能用什麼東西反射牠的目光，讓牠自己中法術？還是搭乘比拉的船更快的飛行工具逃走？二選一畫在這裡！

如果你畫出鏡子這類會反光的東西。到第68頁。

你畫了直升機或其他飛行器嗎？翻到第44頁。

難道你爸爸出了什麼事嗎？你擔心得不得了。

把每格圖案按照相同編號，畫進下方的空白格子裡。
現在看到你爸爸了嗎？

你爸爸，圖特摩斯一世

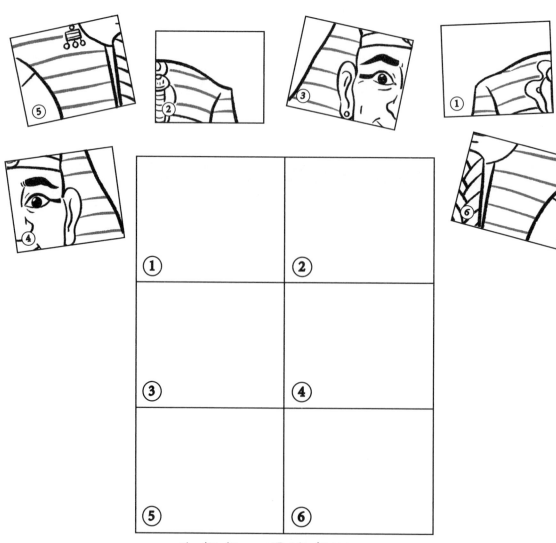

如果耳環在他的左耳
翻到第65頁。

如果耳環在他的右耳，
翻到第162頁。

啊！ 你的團隊人手不夠。 你受到對手用力拉扯， 結果滾落附近的尼羅河河岸。

幸好你在掉進河水前， 落在某個東西上面。

我剛剛說「幸好」嗎？抱歉，我其實是要說「不幸」——你掉到一隻飢腸轆轆的鱷魚上。

故事完結

請不要餵食那隻鱷魚！
回到第13頁的遊戲，
再試一次吧。

這個想法真棒！不過我這個主意也不錯：正在為法老建造的那座金字塔！你知道你朋友有多麼喜歡逛金字塔。如果你留下一則訊息，法老也許有機會看到。

時間越來越晚，其他人都回家了。整個地方只有你一個人，你悄悄溜進金字塔的墓室。在牆上畫圖警告法老，再適合不過了！

在這裡畫出法老看見你的訊息、很驚訝的樣子。→
我知道這非常重要，所以我幫你畫了開頭！

看到這個方格圖了嗎？藝術家會利用方格，來確保每樣東西的比例都很完美，以便取悅神祇。如果你把東西畫得很正確，就會在來世成真！

通常每個方格等於圖中主角的手掌寬。主角人物從腳底到髮際線，必須有 18 個方格那麼高。膝蓋位置是 6 方格高，肩膀是 16 方格高、 6 方格寬。

你在畫主角時，他的頭應該轉向側面，眼睛盯著你。胸膛和肩膀看起來要面向你，臀部則轉向側面。畫出雙手雙腳，連腳的大拇指也畫出來。你的人物應該線條僵硬，不該有放鬆的體態。

重要的主角永遠都應該畫足尺寸，其他人物則縮小一點。只有神祇的大小可以和法老不相上下，而動物不管用什麼風格來畫都行！

完成後，將手指放在人物的髮際線上，
然後沿著橫線往方格圖右側的數字移動，
碰到哪個數字就翻到哪一頁。

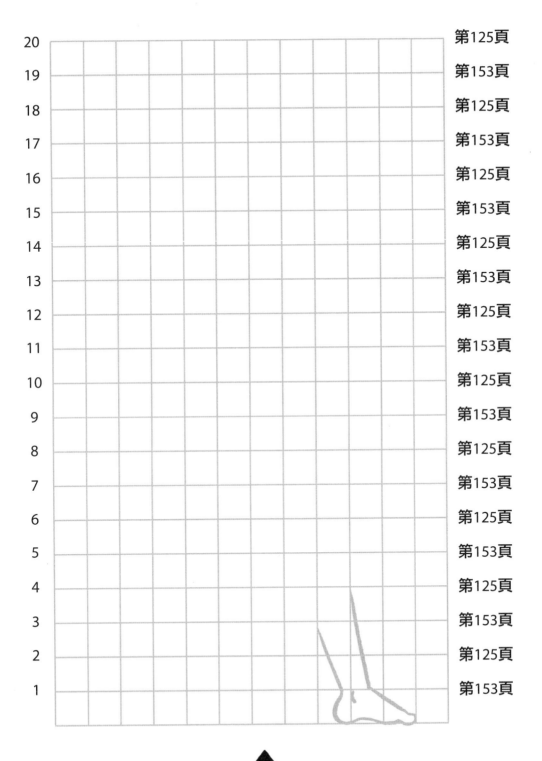

20 第125頁
19 第153頁
18 第125頁
17 第153頁
16 第125頁
15 第153頁
14 第125頁
13 第153頁
12 第125頁
11 第153頁
10 第125頁
9 第153頁
8 第125頁
7 第153頁
6 第125頁
5 第153頁
4 第125頁
3 第153頁
2 第125頁
1 第153頁

你走到駁船那裡，這種平底船可以載你順流而下到工作地點。你想起幾個月前認識法老的情形。法老喜歡你！你們兩個都年輕，而且都喜愛動物。

當然，法老位居社會階層「金字塔」頂端，而你屬於底層……但你們就是成了莫逆之交。你的笑話總是逗得法老笑到肚子痛！

可是不是大家都看好你們的友誼。維齊爾（有點像是副總統的角色）並不喜歡你。他認為法老根本不該花力氣跟你交談！

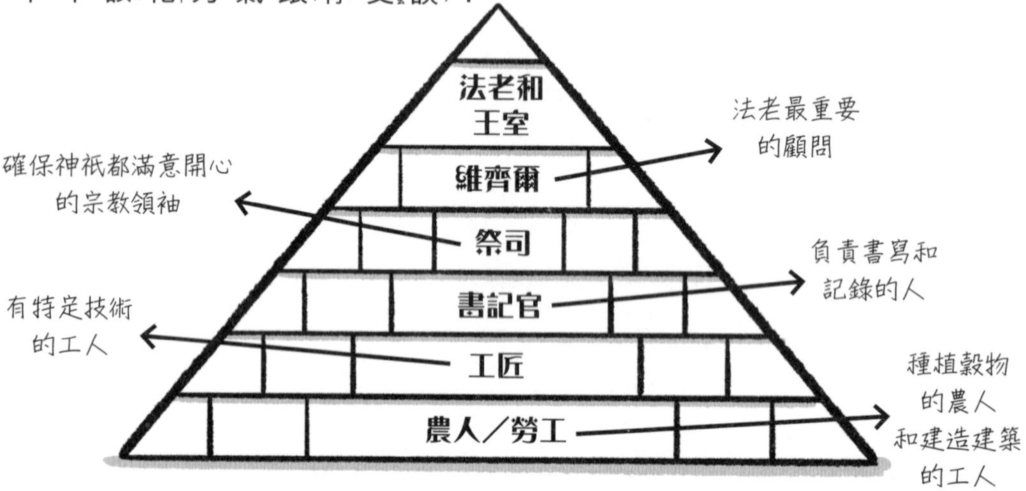
法老和王室
法老最重要的顧問
維齊爾
確保神祇都滿意開心的宗教領袖
祭司
負責書寫和記錄的人
書記官
有特定技術的工人
工匠
種植穀物的農人和建造建築的工人
農人／勞工

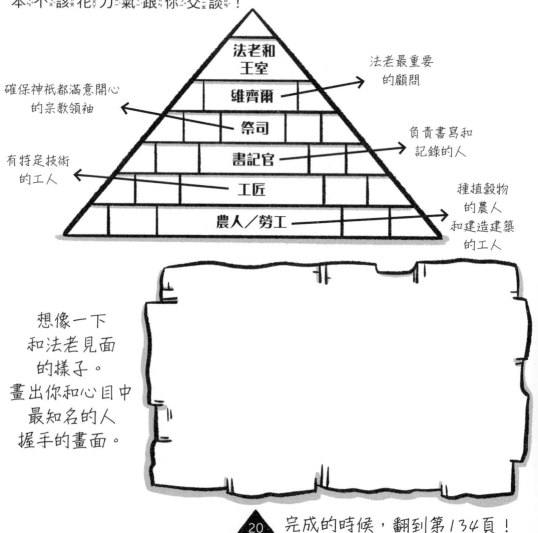

想像一下和法老見面的樣子。畫出你和心目中最知名的人握手的畫面。

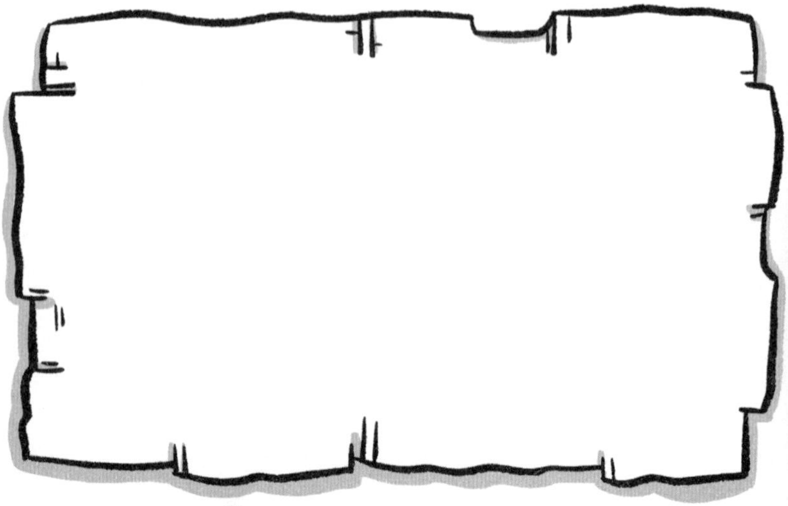

完成的時候，翻到第134頁！

看來你真的不想睡啊。可是如果你不睡午覺，「逃出冥界」遊戲永遠無法開場，而你——

小心！有東西從你背後悄悄靠近。你感覺手肘被螫了一下——哎喲！剛剛螫你的是什麼生物？畫在這裡！

如果你畫了有翅膀的東西，
例如蜜蜂，翻到第63頁。

如果你畫了有很多隻腳的生物，
例如蠍子，翻到第24頁。

你畫了艘船嗎？
翻到第21頁。

鱷魚嘴裡有其他東西嗎？
翻到第42頁。

「去睡一場皇家午覺吧。」你媽媽說，「等你醒來，就會進入遊戲裡。祝你好運，我的孩子！」可是你興奮得睡不著。也許玩玩架子上的玩具可以讓你平靜下來。

178

要玩什麼好？顏料？模型船、手臂會動的玩偶、還是有迷你家具的娃娃屋？或那個下顎可以開開合合的手拉玩具鱷魚？

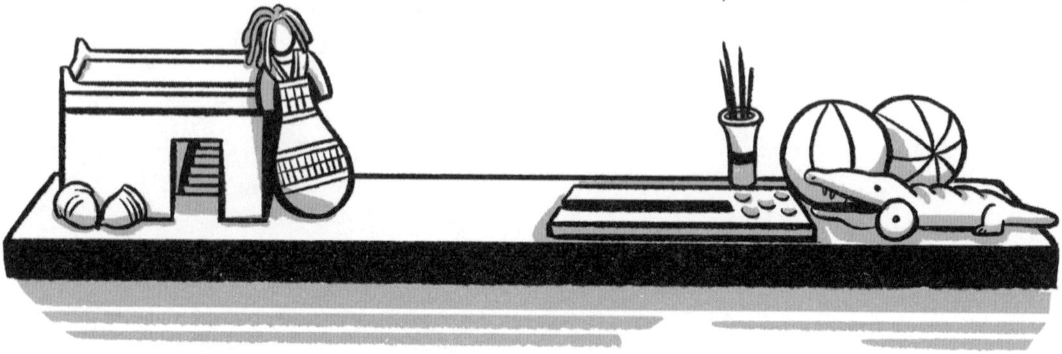

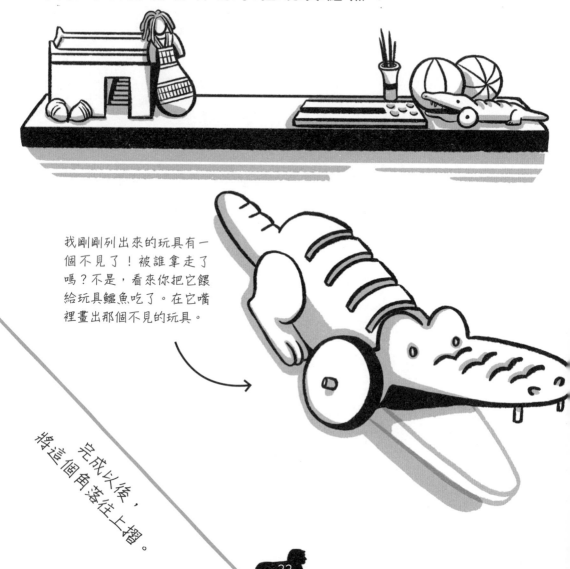

我剛剛列出來的玩具有一個不見了！被誰拿走了嗎？不是，看來你把它餵給玩具鱷魚吃了。在它嘴裡畫出那個不見的玩具。

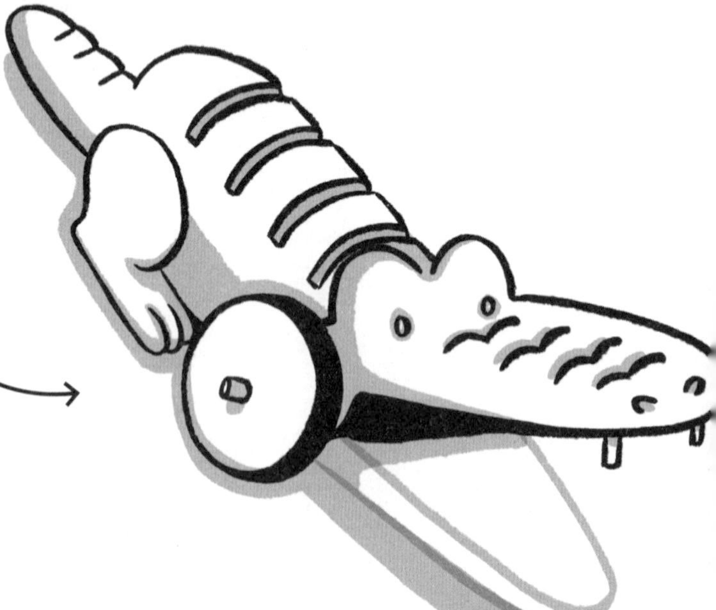

完成以後，將這個角落往上摺。

呃，其實呢，那不是實際發生的情形喔。
有根長矛離你爸爸很近，但飛過了他身邊，好險！

身為法老需要有了不起的觀察力，在這裡訓練你的觀察技巧吧！
把這兩張圖不同的地方盡可能的圈出來。

如果你覺得太難，可以到第182頁去找答案。

故事完結

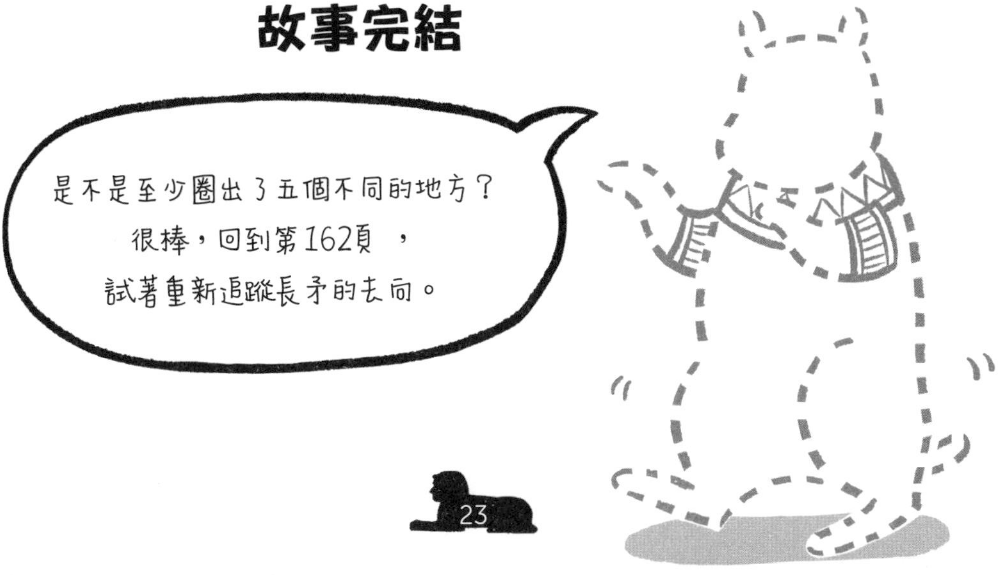
是不是至少圈出了五個不同的地方？
很棒，回到第162頁 ，
試著重新追蹤長矛的去向。

幸好，我知道在古埃及被蠍子螫時，要怎麼治療！你要先喊：「我是國王之子，第一個孩子。」傷口還在流血，馬上用舌頭舔一舔。然後每天都必須在傷口上抹油，再用一條吸飽油的布蓋起來。

畫一張你舔自己手肘的圖。

這種療法
來自幾千年前的
《亡者之書》！

好多了嗎？回到正事上吧。
翻到第26頁。

「動作快點！」你大聲命令困惑的狒狒。牠一時驚慌，跳出無花果樹，你看到牠抓著什麼。

「總算可以吃了。」你說著，便一把抓走那個東西，猛咬一口。

這回可鑄下大錯了。原來狒狒從地上抓了顆石頭。想當一個向別人發號施令的法老——或小孩，沒有牙齒是很難辦到的。

向你當頭號領袖的夢想說再見吧！

故事完結

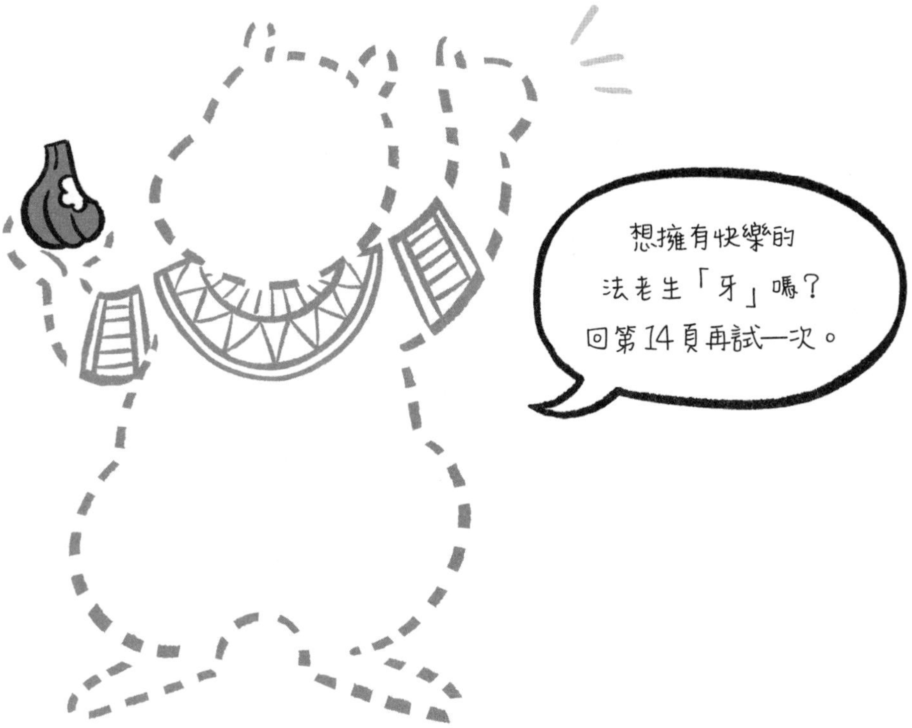
想擁有快樂的
法老生「牙」嗎？
回第14頁再試一次。

突然間，你打了一個好大的呵欠。不管是因為被螫到，還是因為有可能當上法老的興奮感，而覺得非常疲倦。你爬上床呼呼大睡、睡了又睡。

你聽到媽媽說「別偷看」，她用布蒙住你的眼睛。其實你睡意正濃，眼睛根本睜不開。

有人把你抱出房間。你知道自己很安全，再次進入夢鄉。Zzzzz……

噓，翻到第116頁。

你登上法老寶座時，湧入你耳朵的不是「您真偉大」，而是「哈哈！」。你的人民笑到停不下來。誰能怪他們呢？

說到底，你頭上戴的可是一隻雞啊！

故事完結

再試看看，追求
「雞」勵人心的結局！
翻回第9頁。

砰！有人在大迴廊裡弄掉手電筒，嚇了你一大跳。「一定是維尼森父子，」奇歐妮憂慮叫道，「他們隨時會追上來。我們必須找路出去！」

你們兩人衝到下一間墓室，雖然有很多門，但看起來都被封死了！「那些是什麼？」你有新發現。你環顧房間，每扇門上都漆著醫療處方，前面各放一個籃子。奇歐妮說：「這些籃子應該要放不同療法的藥材，才能讓法老在來世使用。我猜一定有一扇門可以出去！」

你們沒時間每扇門都試。快啊！

想想剛剛那則訊息裡提到的病痛。
那項關鍵的病痛需要用什麼來治療？
把材料畫在那扇門前的籃子裡。

畫完之後，翻到第118頁。

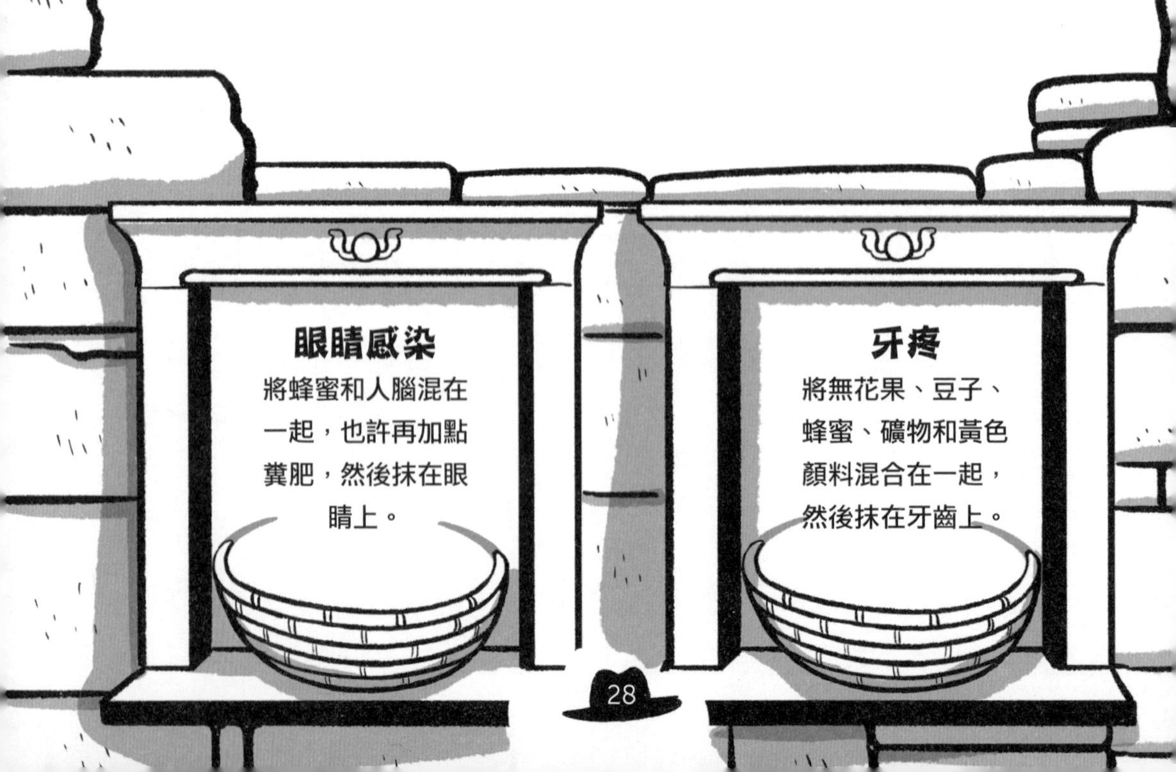
眼睛感染
將蜂蜜和人腦混在一起，也許再加點糞肥，然後抹在眼睛上。
牙疼
將無花果、豆子、蜂蜜、礦物和黃色顏料混合在一起，然後抹在牙齒上。

被鱷魚咬
將新鮮的生肉綁在傷口上。
體臭
將焚香、萵苣、水果、沒藥樹液混在一起，搓在病患身上。
沒藥樹會滲出樹脂。
感染
把發霉的麵包貼在傷口上，黴菌會擊退疾病。
尿床
將一袋老鼠骨頭掛在身上。
胃痛
戴上豬牙串成的項鍊。
咳嗽
吃下一整隻老鼠。

你碰碰鼻子，感覺不像腦子被拉出來嘛。你的臉和身體也沒有纏著亞麻布。不過你確實在胸口上找到聖甲蟲護身符。

你想都沒想就將護身符一把拋開，護身符從牆壁上彈回來。「我為什麼在墓室裡？」你納悶大喊，「怎麼回事？」

法老們相信人死後真的能帶走所有物品，於是在墳墓跟金字塔裡放滿寵物、黃金、衣物、船隻、珠寶等，都是他們想在永恆的來世享受的東西。

你最想打包帶到來世的兩樣東西是什麼？
把它們畫在這個行李箱裡，要確定它們是你最愛的兩樣東西，
這可是要永遠帶著的喔！

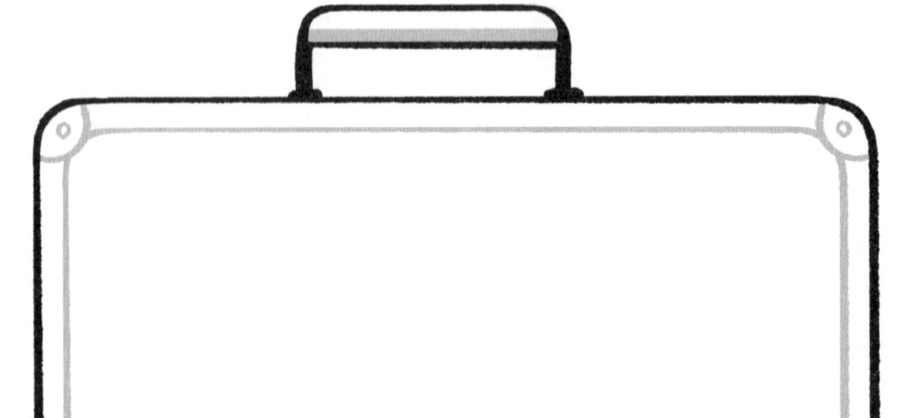

前往下一頁。

IMSETY	**QEBEHSENUEF**	**HAPY**	**DUAMUTEF**
伊姆塞提	**科本塞努夫**	**哈皮**	**多姆泰夫**
守護肝臟	收藏大小腸	看守肺部	保管胃

你畫的東西真棒！不過，想在來世永遠的活下去，內臟才最重要。難怪許多古埃及墳墓中，都有卡諾匹克罐保存肺臟、肝臟、胃和大小腸。

你的內臟還在自己身體裡，那麼這頁的罐子裡裝了什麼？
只有一種方式可以查出來。
沿著虛線撕開，將紙片翻摺過來，
就可以打開這些罐子。

2	1	4	3

罐子裡沒有內臟！只有莎草紙片。
把相同編號的字填進第31頁下方的對應空格。你拼出什麼詞？

亡者之書—翻到第32頁。
書之亡者—翻到第140頁。

《亡者之書》！沒錯，這正是你所需要的。它就像逃出冥界的路線圖！

好了，雖然這只是遊戲，但冥界可不討人喜歡，
裡面滿是烈火、湖泊、可怕山洞，
還有「食血者」與「毀壞者」這類的半獸人。
而代表毀壞的蛇神阿佩普正躲在陰影裡，等著吃掉你！

噢，還有個生物叫「吞噬者」。
牠有鱷魚的腦袋、獅子的身體、犀牛的後腿。
完成牠的畫像吧。

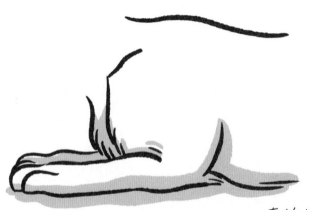

真的好可怕呀！
翻到第36頁。

者 亡 書 之

1 2 3 4

噢，真想看看你這麼做。

你想要頭下腳上倒立走路。

遺憾的是，你不是頭頂地走路專家。你一股腦摔在地上。砰咚！

故事完結

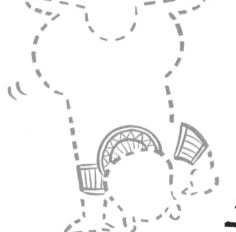

我們來避開這種
令人頭疼的事。
回到第40頁。

好難開口告訴你命運如何……
假如你會怕，可以閉眼睛！

你的心這麼重，代表帶有罪行的重量！阿努比斯把你的心丟到地上。沿著虛線撕開，摺過紙片，看看誰等著要吞掉它。

故事完結

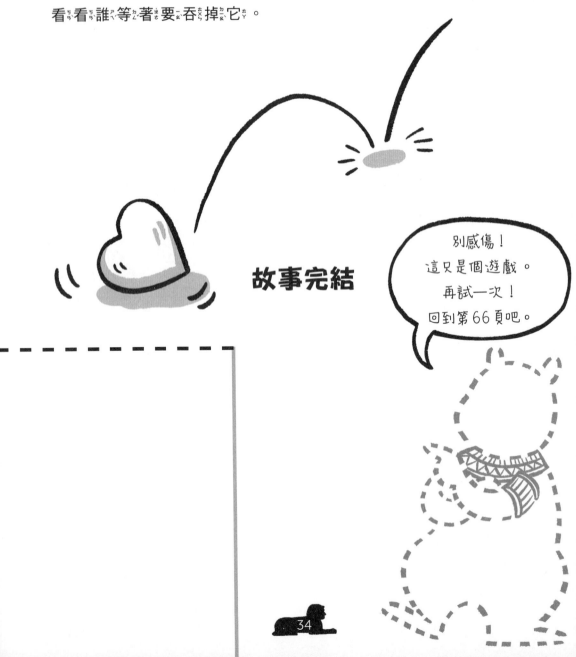

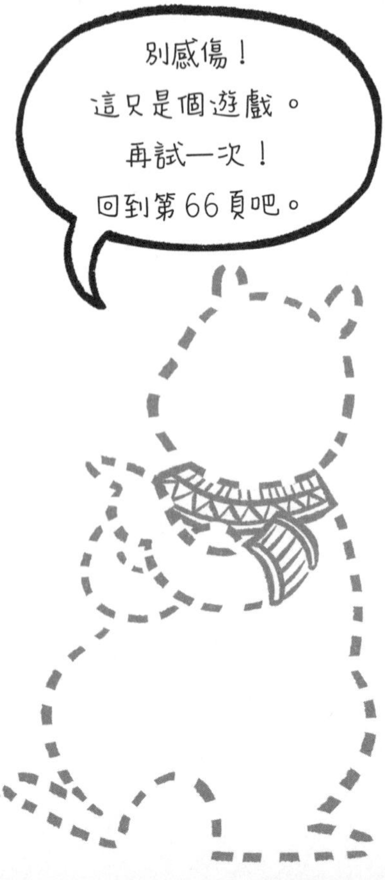
別感傷！
這只是個遊戲。
再試一次！
回到第66頁吧。

「啊啊啊啊！」你碰上一隻巨型妖怪鱷魚，放聲大喊。你轉身要逃，可是你根本不知道自己人在哪裡！

「我的孩子！」你媽媽說，將你從恍惚中搖醒。

這正是所謂的迷失在思緒裡啊！你光是想到冥界的迷宮，就滿頭霧水。

故事完結

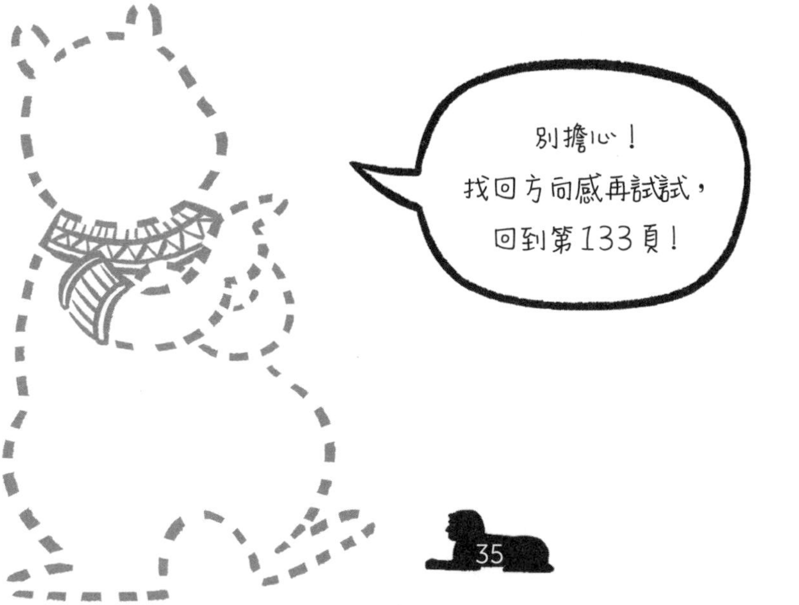
別擔心！
找回方向感再試試，
回到第133頁！

太棒了，我勇敢的朋友！

幸好你爸爸命令書記官替你特製一份《亡者之書》。

其實呢，這書是莎草紙製成的一張紙卷。紙上滿是魔咒、暗示、指引和密碼，你需要用它們來闖過這個遊戲的可怕關卡。

這《亡者之書》屬於
在這裡填上你的名字。

你展開《亡者之書》的卷軸時，發現它還沒完成！要從左讀到右，還是要從右讀到左，可能得看動物的頭朝哪個方向。這張卷軸上有第 76 號咒語，可以幫你擊退蛇蠍：讓你能化身為自己想變成的生物，通過冥界的挑戰！

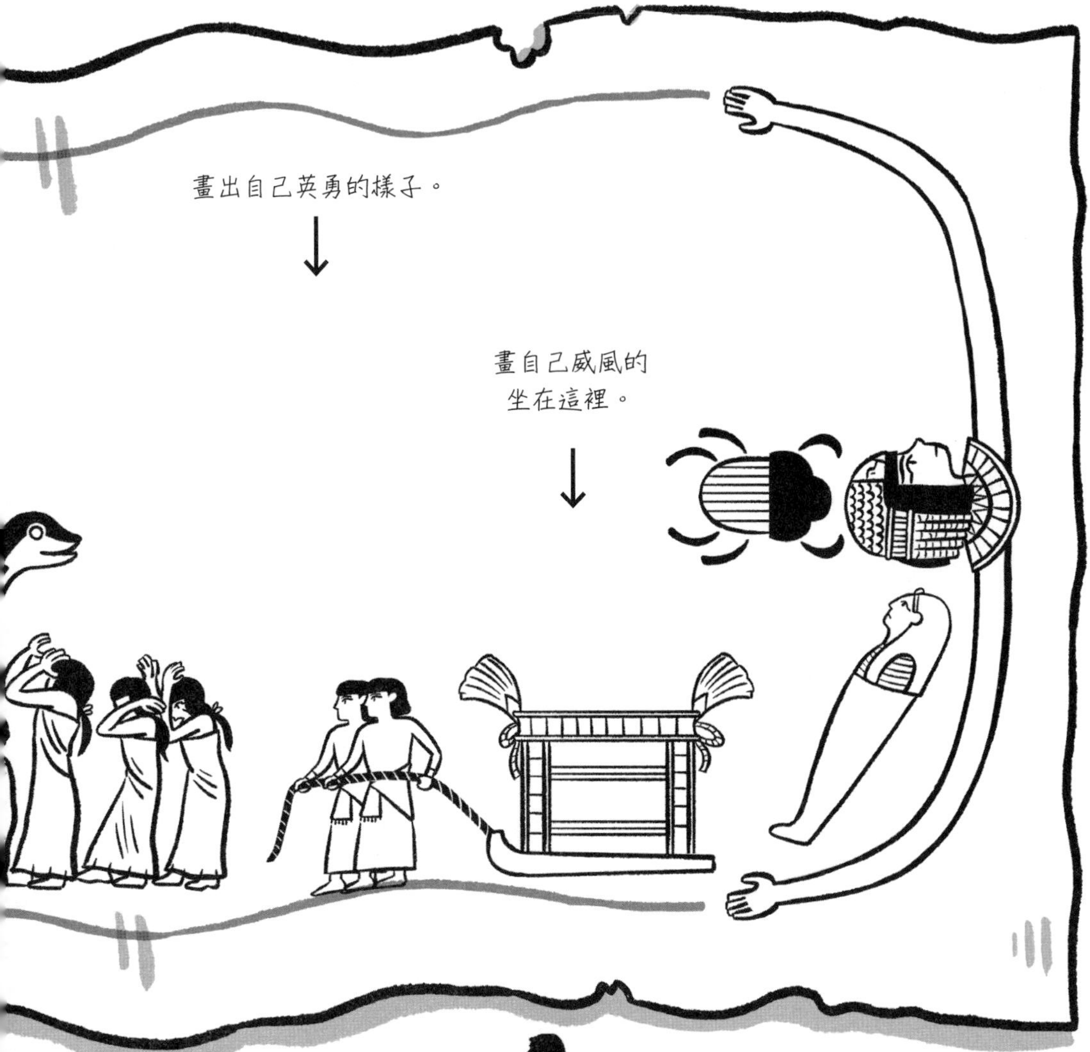

畫出自己英勇的樣子。
畫自己威風的
坐在這裡。

完成後翻到第41頁。

咔嚓！

飢腸轆轆的大蛇阿佩普張著大嘴巴，朝你咬過來——一切頓時變得漆黑！哎呀，人如果在蟒蛇的嘴裡，要當一日法老會有難度喔……

在你等待爸爸來救你的這段時間，思考一下自己先前的選擇。

故事完結

走去第43頁！

回到第45頁再畫一次。
這次你一定有「喵」計啦！

一頭栽到第33頁！

如果你寫了
「頭」這個字，
翻過這張紙片。

哪張紙片上有第41頁咒語裡提到的身體部位，就翻摺過來……但在你遵循指示以前，先畫出你上下顛倒吃義大利麵搭果汁當晚餐的樣子。

你寫了「腳」嗎？
翻過這張紙片。

等等？怎麼世界倒過來了？

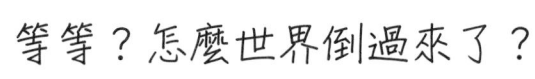

很多古埃及人擔心，自己會頭下腳上的穿越冥界。我想那就是發生在你身上的事！

這可能是運用《亡者之書》的好時機！試著運用第 51 號咒語，這是可以校正一切的妙方。

但你必須先校正這個咒語才行。咒語目前是反寫的。找面鏡子或靠你聰明的腦袋，在空格中用正確的方向重寫這個咒語！

願你以雙腳步行
願你不需倒立走

如果你卡住了，
可以到第182頁找答案。

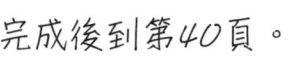

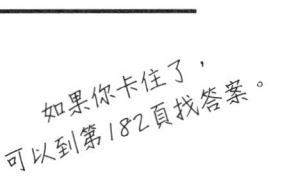

完成後到第40頁。

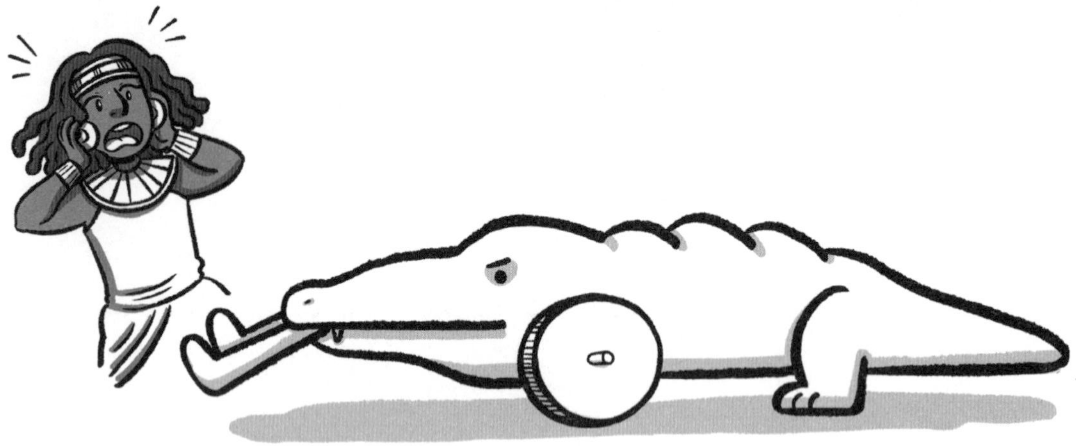

這時伊內妮走進你的房間，看見娃娃的雙腳從鱷魚嘴裡露出來。

「不！」她說，你還來不及解釋自己犯了錯，她就衝出房間。伊內妮要去跟大家說，等你成為法老時，很可能會把人丟進尼羅河餵鱷魚。

可惜啊，你現在永遠當不成一日統治者了！

故事完結

我們來找個能
安全靠岸的結局吧！
翻到第22頁再試試。

我有好消息和壞消息。
在我告訴你之前，
你先在泡泡裡畫出能讓你開心的東西。
你會用得上的！

好消息是你現在頭上腳下了。謝啦，剛剛真的把我弄得頭昏腦脹！

現在來聽聽壞消息。記得我之前提過阿佩普，那條巨蛇跟毀壞之神？就是身體長得不得了，腦袋是硬石做成的超級長蛇；又叫邪惡爬蟲、會吞噬靈魂的那個？

?

我該怎麼說才好。我想就直接秀給你看吧。將這張紙片摺過來。

阿佩普
就在你背後！
翻到第45頁。

抱歉，我得告訴你飛行器還要幾千年才會發明出來。想也知道，你還等不到飛行器出現，就會先狠狠摔回地面！

故事完結

「飛」常可惜！
回到第15頁，
再試一回，
會順利的！

準備好和 1.6 公里長的邪蛇戰鬥了嗎？

別忘了你《亡者之書》裡的第76號咒語，
可以讓你化身為任何生物！
你想當什麼？畫在這裡！

我的「逃脫大師檔案」裡
有段小筆記可能幫得上你！

176

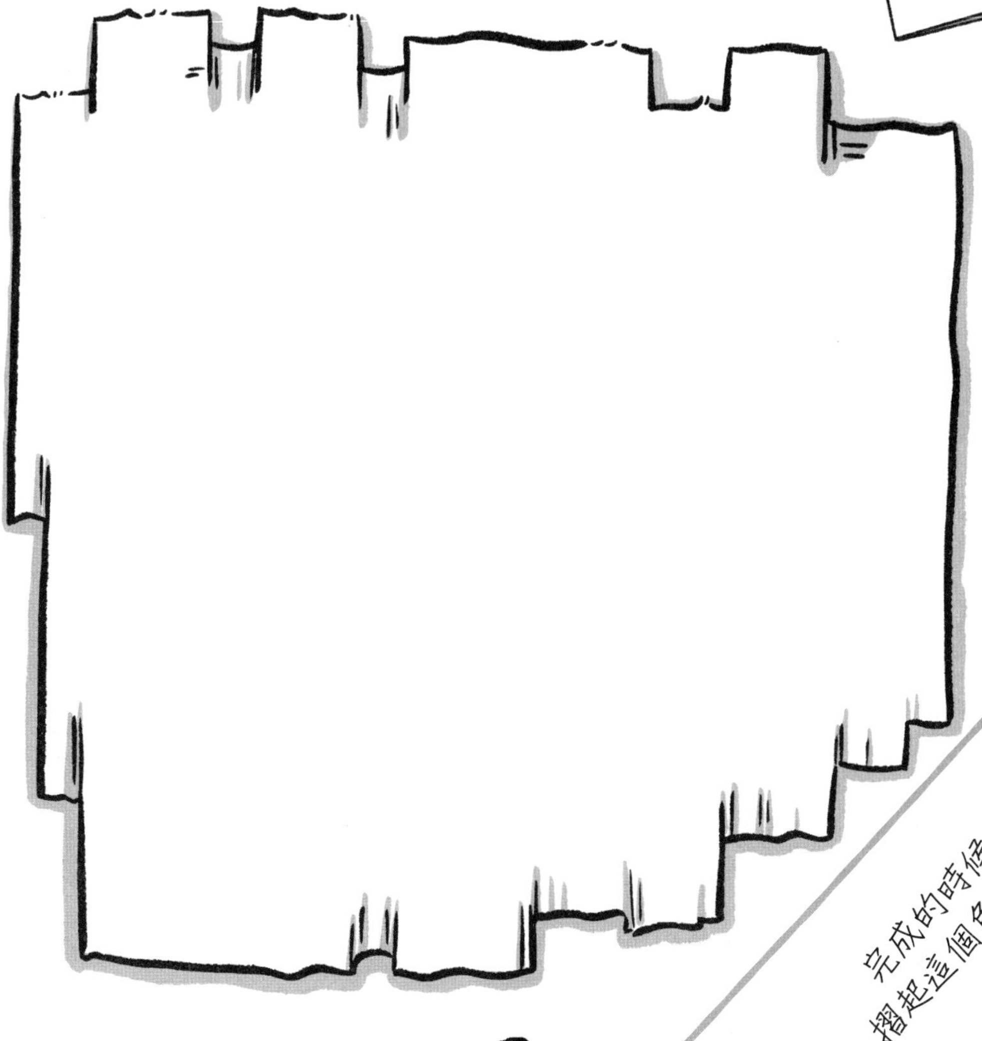

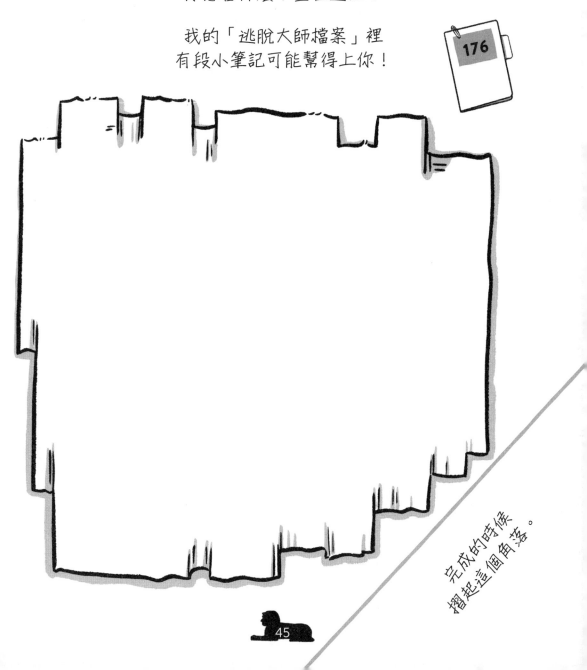

完成的時候
摺起這個角落。

你辦到了！
你的貓造型嚇走了阿佩普……暫時是這樣，
牠溜進冥界的陰暗處，
我保證牠會再回來。

你抵達了正義大殿！真理與正義女神瑪特負責掌管這個氣派的地方，不過很多神祇常常在這裡閒晃。《亡者之書》的第 125 號咒語告訴你，遇到冥王歐西里斯時該說什麼。請大聲說：「看啊！我來到你面前，為你帶來真理，為你驅走虛假。」

你講話的氣勢就像了不起的超級英雄！
將你自己畫成捍衛正義的使者。

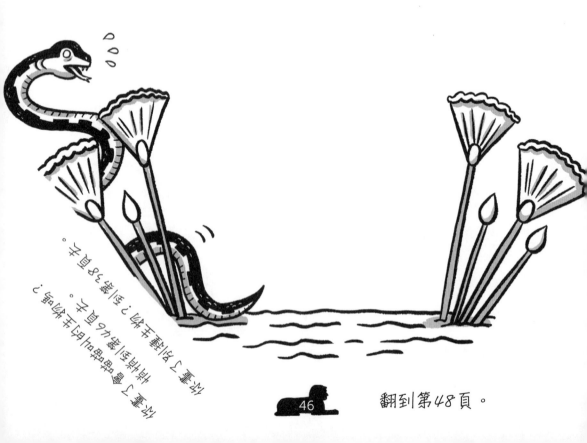

你畫了會喵喵叫的生物嗎？
悄悄到第49頁去。
你畫了別種生物？到第38頁去。

翻到第48頁。

你抵達了目的地！ 是時候上岸了！

「幫我把那塊石頭搬上碼頭。」你向船夫下令。

發號施令這種事情留給我就好，你該專心下船才對，
畢竟有人正在搖晃這艘駁船。（好啦，就是我。）
你不小心摔進了尼羅河！

你常常在尼羅河裡泡澡， 也常在這條河裡洗衣服， 可是你可不想同時做這兩件事！

將你自己畫進這部巨型洗衣機裡。

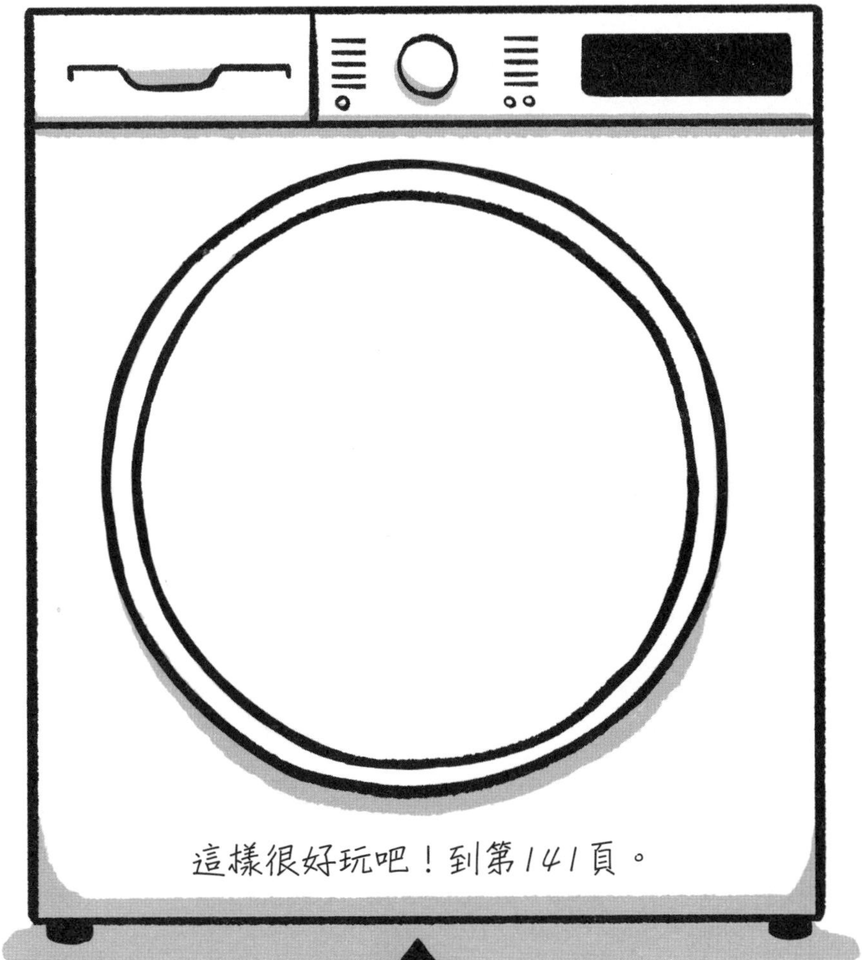

這樣很好玩吧！到第141頁。

冥王歐西里斯也很欣賞你，他讓到一邊，好放你進入正義大殿。可是你剛走進去，地板就猛然往上傾斜，你往後一摔。

「我才不會讓你踩在我身上！」正義大殿的地板以低沉的嗓音喊道。

你花了點時間適應地板會說話這件事，然後開始摸索該跟它說什麼。你查了查《亡者之書》。

「為什麼不行？」你照著書的指示告訴地板說：「我很純潔。」

「因為我不知道你雙腳的名字，但它們卻踩在我身上，」地板說，「把它們的名字告訴我。」為了通過這裡，你必須替自己的雙腳取名。

為了完成這項壯舉，你應該先讓心態跟地板同「步」。
要是這個世界到處是腳而不是人呢？把腳當人，
畫在這個場景裡吧。
（我可是在尼羅河的船上替你示範過啦！）

完成後，踮起腳尖輕輕去第51頁。

你的船看起來像這樣嗎？

如果是，到第126頁去。

如果不是，翻到第96頁。

你們到達尼羅河岸了。 你媽媽就是在那裡發現太陽之船的其他組件。

考古學家花了大約十年，才把在大金字塔找到的那艘船拼組成形。但在那對盜墓父子追上來以前，你只有兩分鐘可以組裝這艘船！

將這艘船的各部分
重新按編號畫進下方空格。

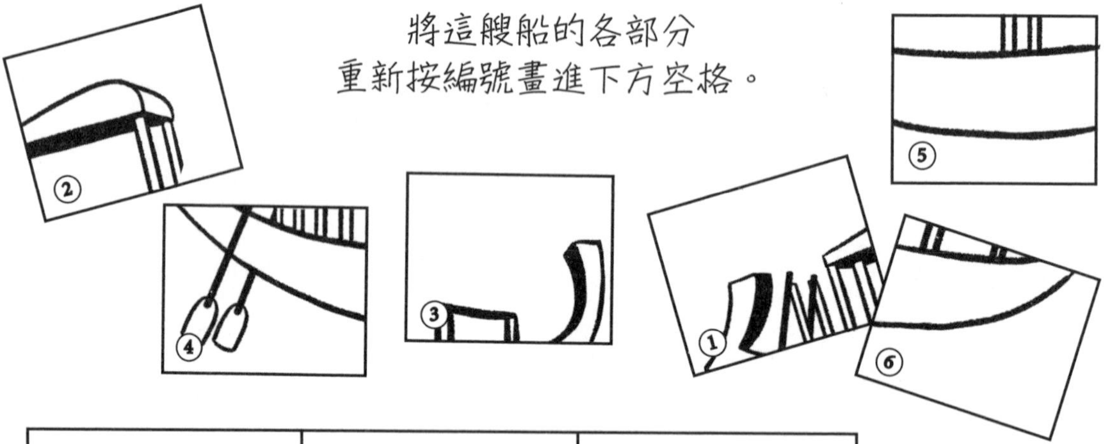

②
④
③
①
⑤
⑥

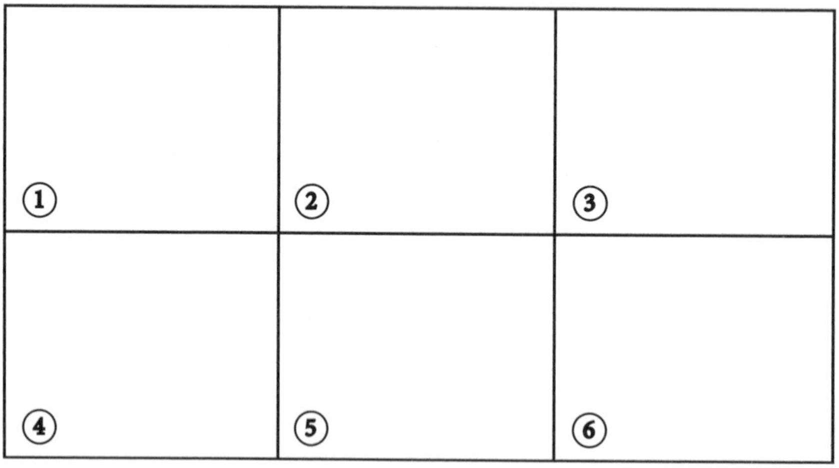

①
②
③
④
⑤
⑥

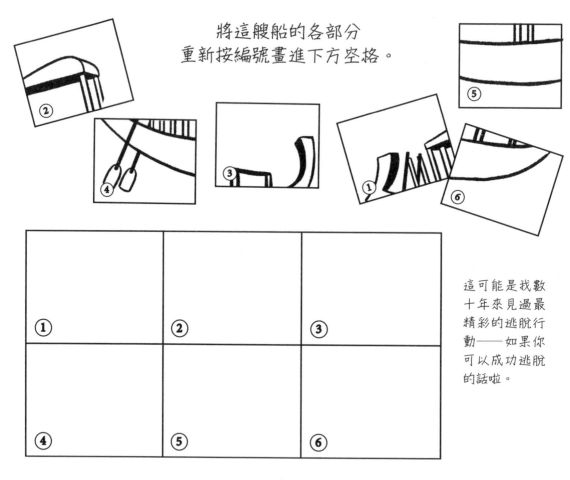

這可能是我數十年來見過最精彩的逃脫行動——如果你可以成功逃脫的話啦。

你畫完這艘船之後，沿著虛線撕開，
將這張紙片往上摺。

做得很好！準備替你的雙腳命名了嗎？首先，大聲讀出這則笑話。

問題：個性純真的人為什麼要光腳？

答案：因為天真無「鞋」啊。

讀完笑話覺得怎麼樣？在這裡畫出你的表情，然後根據心情在框裡寫下「哈」或「哼」。

現在把你選的字填進這個句子裡的兩個空格：

「＿＿＿＿＿的祕密圖像」是我右腳的名字，你對地板說，「＿＿＿＿＿索爾之花」是我左腳的名字。

完成後，將這個角往上摺！

所以你不喜歡我的笑話？我倒想看看你拿不拿得出更好的！
不要往下看，先寫出一種水果①________
還有你最喜歡的一種冰淇淋②________，
把它們按照編號填進下面的笑話！

你：叩、叩（敲門聲）
我：誰啊？
你：①________②________。
我：①________②________是誰？
你：①________②________
就是①________②________。
我只是要說逃脫大師最棒了！

被我整了吧，哼！

故事完結

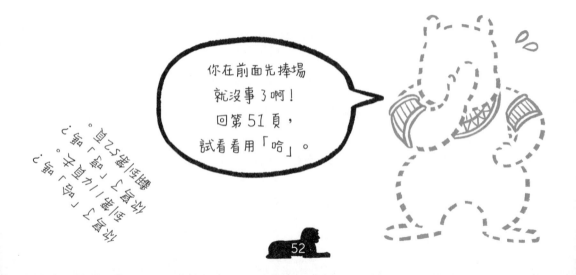

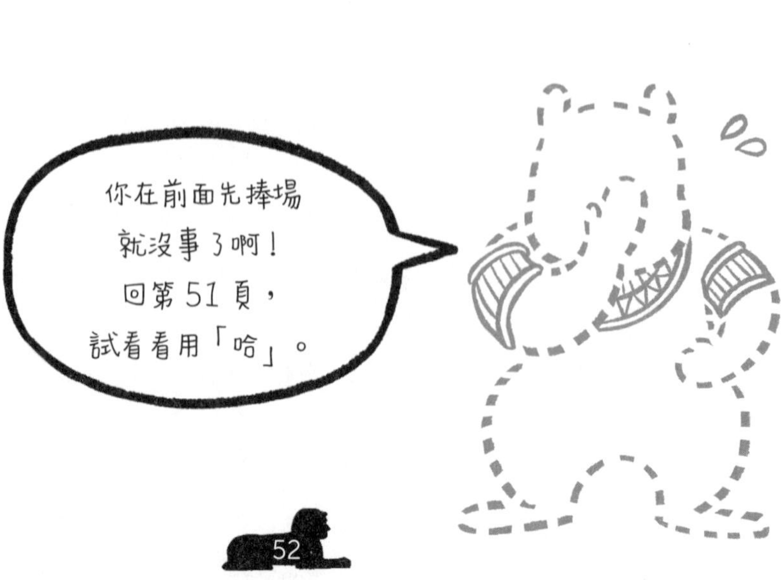
你在前面先捧場
就沒事了啊！
回第51頁，
試看看用「哈」。

你看了「哈」嗎？
到第11頁才「哈」。
你看了「哈」嗎？
翻到第52頁。

「接下來，」奇歐妮再讀一次內容說道，「我們必須用正確的方法打開其中兩副棺木的蓋子，這樣就會找到另一則訊息。」為了加強防護，木乃伊常會先裝進一副棺木，再將那副棺木放進第二副棺木，然後又放進另一副。

你朝最外層的棺木伸手。「小心，」你妹妹警告，「如果你觸動陷阱，整面天花板會塌下來。」你動作輕巧無比，成功掀開前兩副棺木，天花板沒垮！在你動手打開最後那副棺木之前，你很好奇會找到什麼樣的木乃伊。法老很重視自己的形象，往往想在歷史上留下健壯勻稱的樣貌。

178

猜猜你在裡面找到什麼？什麼也沒有！空空如也！

「等等，並不是什麼都沒有。那個是不是金字塔工人留下來的另一個提示？」奇歐妮說。

沒錯！我又貼心的幫你翻譯成字畫謎了，它說什麼？

用來
治
的藥

不確定這則訊息在說什麼嗎？翻到第182頁。

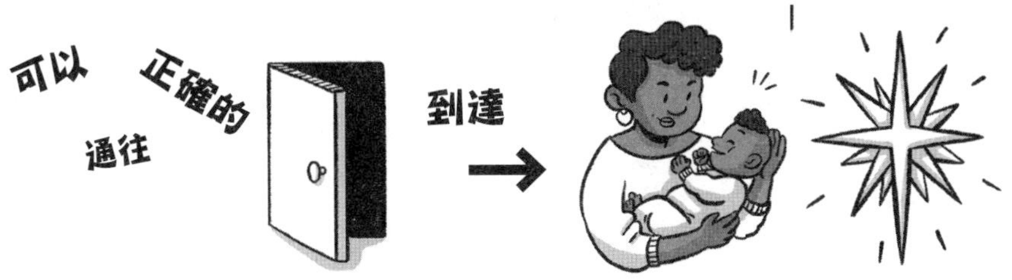
可以
通往
正確的
到達

你讀到「母」這個字嗎？翻到第103頁。

你看到「破」這個字嗎？到第101頁去。

真理——

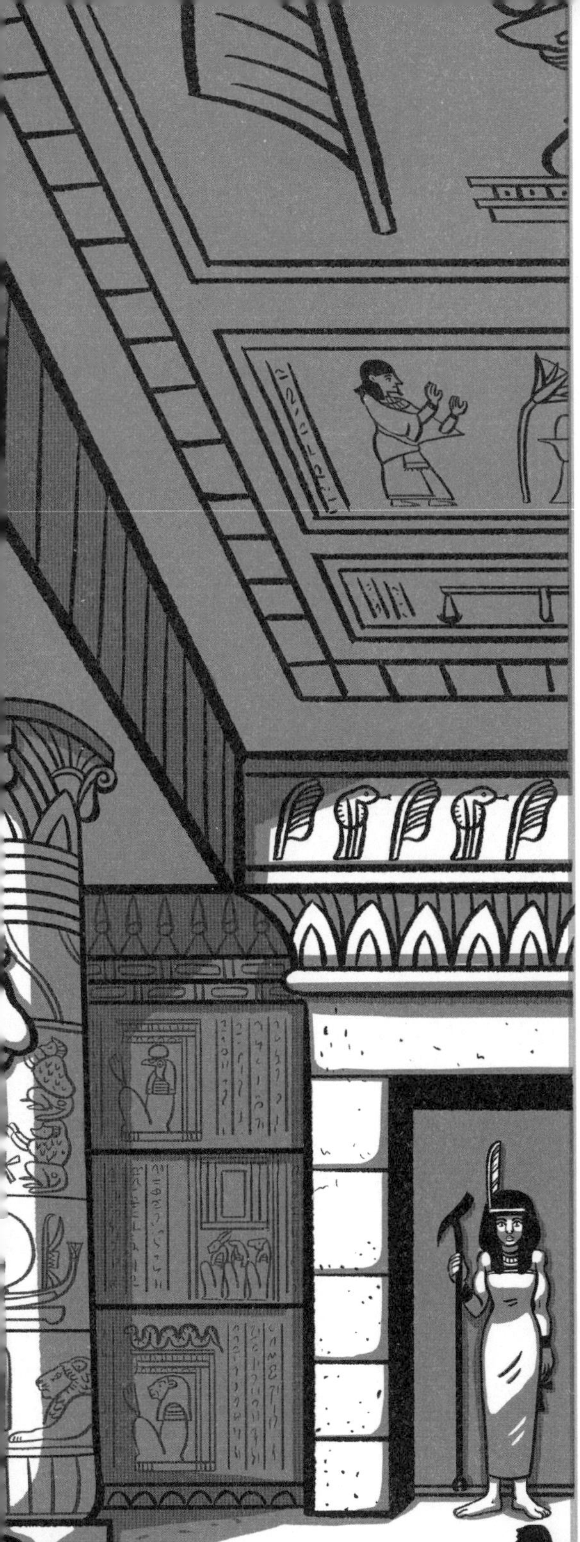

NEB-MAAT
涅布馬特

SET-QESU
謝特奎蘇

ARI-EM-AB-F
阿里恩埃布夫

UTU-NESERT
烏圖涅塞特

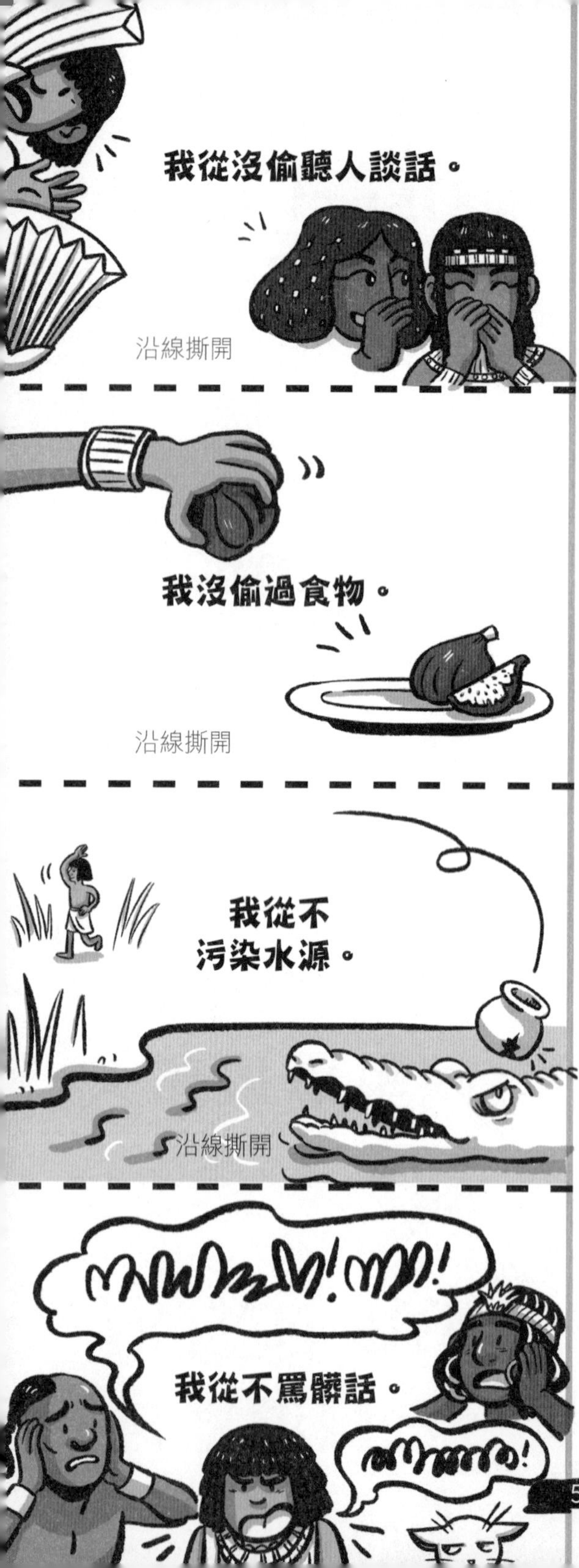
我從沒偷聽人談話。
沿線撕開
我沒偷過食物。
沿線撕開
我從不
污染水源。
沿線撕開
我從不罵髒話。

往右摺

歡迎來到

在這裡，會有42位神祇來審判你。為了毫髮無傷的離開，你必須叫出每位神的名字、說你沒有做某件壞事，而且要靠記憶來完成！

你必須記住42位神祇
對應的罪行。
我算是這個星球上
了不起的天才，
可是這連我都
覺得吃力！

幸好書記官偷偷在
你的《亡者之書》
夾了張小抄。
上面照著正確的順序
列出了那些神……
噢不，
小抄只寫了33位。

真理大殿！

你只好自己查明剩下的
幾位神祇：

1. 將這兩頁由外向內摺，再沿虛線撕開，像這樣：

2. 把這些紙片當成冥界的記憶閃卡！看完全部句子就蓋起來。
3. 你必須跟每位神祇說你沒做什麼。你能背出來嗎？

等你把神的名字
和負責的罪行都對應好，
就可以翻到第60頁。

往左摺

我從來不說謊。
沿線撕開
我的
XX的
我從來不偷地。
沿線撕開
我從來沒胡亂生氣。
沿線撕開
我從來沒違法。

NEBA

涅巴

UNEM-BESEK

恩耶姆貝塞課

SERTIU

瑟爾蒂烏

KHEMIU

科荷米烏

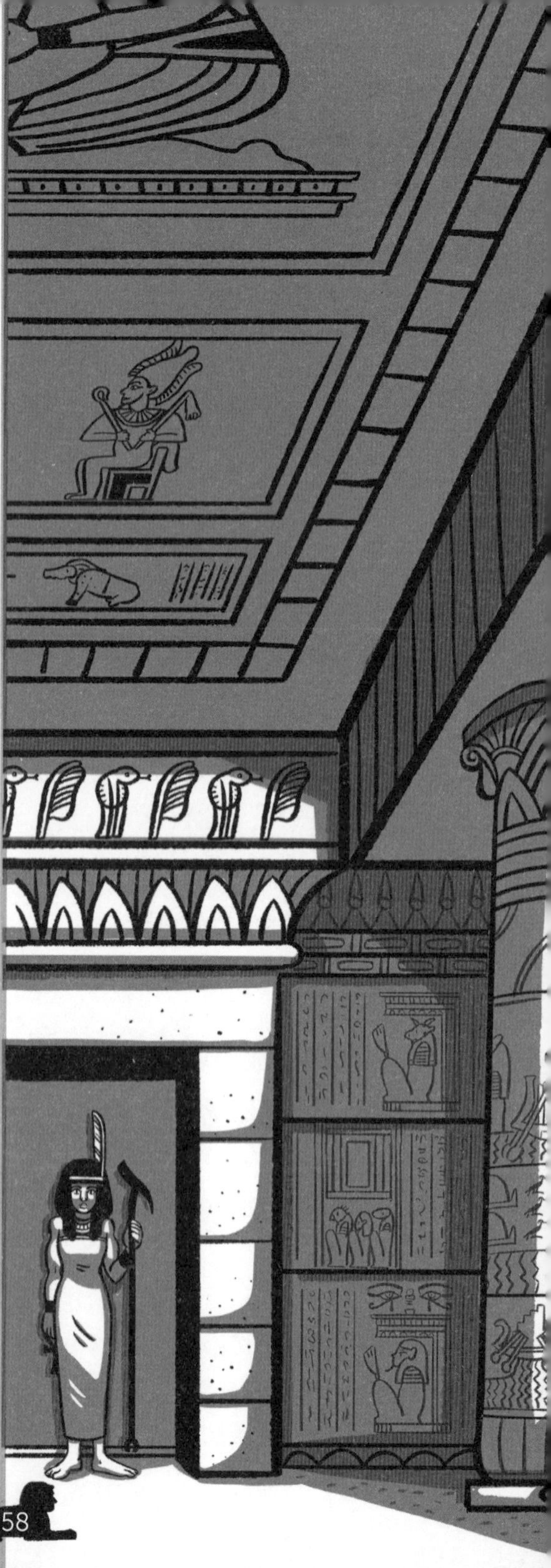

大殿

棒極了！你只要再面對一位神就行了。

唉，我也不想提起，但這位神對應的是「我從沒惹哭任何人」。伊內妮這個名字有印象吧？你之前不是才嘲笑她，把她惹哭了嗎？

如果最後一位神認為你說謊，他就會直接把你踢出真理大殿，回到阿佩普的大嘴中。

你覺得要不要畫束花送伊內妮，向她道歉？

前往下一頁。

真好心，可是其實你不需要那麼做。記得你醒來發現的聖甲蟲護身符嗎？它可以幫你脫身。

你可以一路回到第 30 頁的墓室去拿……或者就直接畫在這裡。你那個時代的埃及人相信，畫了什麼，那件事物就會在來世成真——只要你畫對就沒問題。

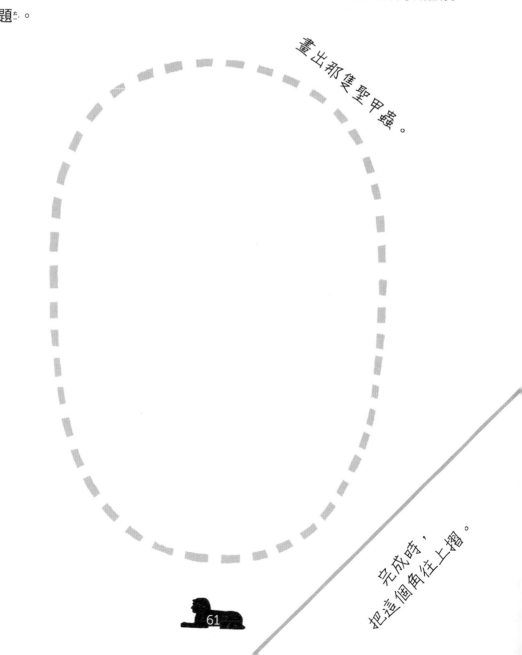

畫出那隻聖甲蟲。

完成時，
把這個角往上摺。

記得我提過，不管你在墓室牆壁上畫了什麼，那樣東西就會成真嗎？是這樣的，你剛剛創造了某種新型甲蟲。

而且牠湊巧有六層樓高。

這下倒是管管你的腳，快逃跑啊！

故事完結

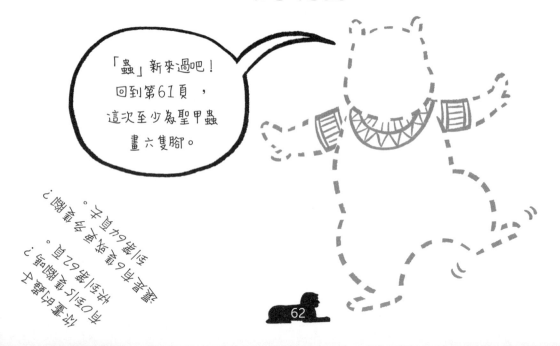

「蟲」新來過吧！
回到第61頁，
這次至少為聖甲蟲
畫六隻腳。

你畫的蟲子有0到5隻腳嗎？快到第62頁。
還是有6隻或更多隻腳？到第64頁去。

不要作出不利於我的供詞。

你看都沒看，就伸手拍那隻飛蟲。啪！蟲子沒打中，倒是打到維齊爾的臉！

他是你爸爸的左右手，權力很大。現在他老大不高興，從他的眼神就知道，他永遠不會讓你當法老，不要說一日了，連一秒都不准。

故事完結

真慘！飛回第21頁改畫一隻蠍子吧。

畫得好，夠逼真！
現在沿著左邊虛線撕開，
將護身符的紙片翻過來，
讀它背後的咒語。

你最好加速。
我想神的耐性快磨光了。

這個咒語真方便！可以將你犯過的錯都隱藏起來，不讓神祇知道。希望你順利通關！

做個手勢祈求好運吧。
翻到第66頁。

呃，不太對喔！你差點出局。
但我決定對你網開一面……就這麼一回。

接下來再做一次吧。對應相同編號的方格，
把上方的內容填進下方的空白，照著結果的指示做。

② 至
④
⑥ 頁
③ 第
⑤ 6
① 回

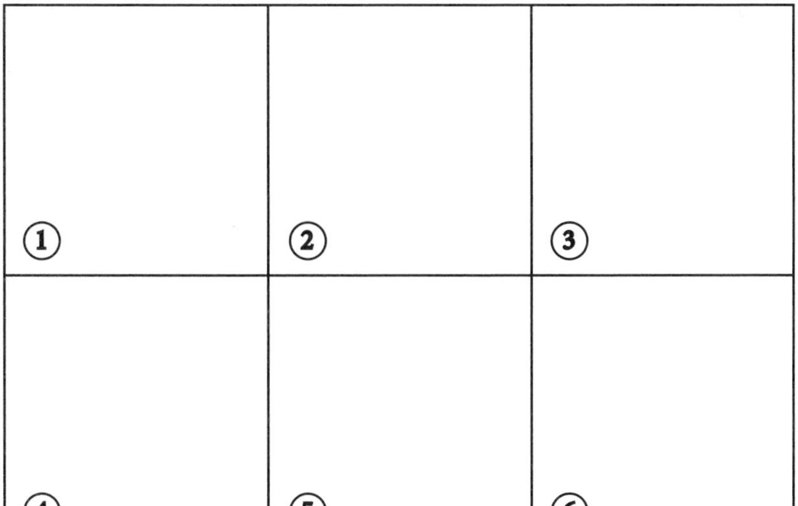

①
②
③
④
⑤
⑥

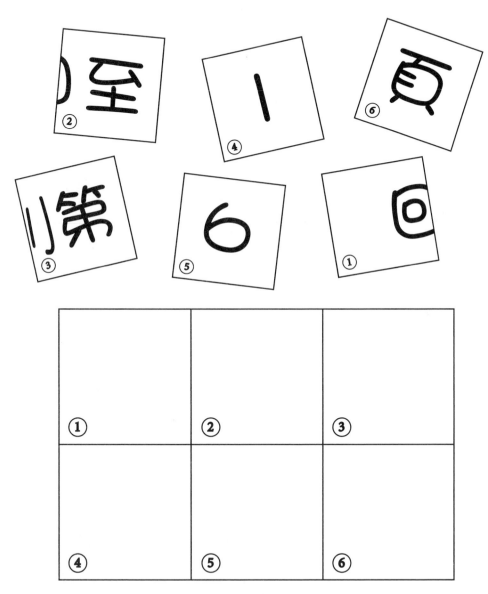

還是卡住了嗎？別慌！
到第182頁求助。

那個咒語生效了！ 神祇們點點頭， 異口同聲說道：「你可以通過。」你得到許可， 進入審判大殿。 這是最後也是最大的考驗。

阿努比斯神會在這裡秤量你的心和一根羽毛。

哪個比較重？你的心？還是羽毛？在秤的一側畫一顆心，在另一側畫一根羽毛。由你選邊畫！

注意：在你做出決定以前，到這本書後面查查「逃脫大師檔案」！記得你畫過的吞噬者嗎？如果你做錯選擇，吞噬者等著吃掉你的心——然後你就永遠無法在遊戲中獲勝。

177

如果你的心比較重，
摺起這個角。

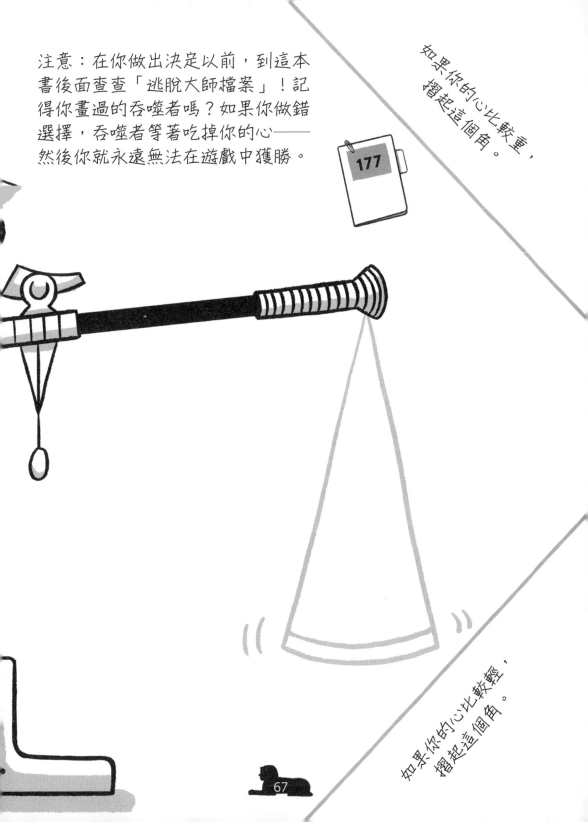

如果你的心比較輕，
摺起這個角。

到第34頁。

你逃離了阿佩普！拉帶領你正式拜見冥王歐西里斯，歐西里斯批准你進入來世：蘆葦之地。這裡是天堂！看起來很像你家族宮殿附近的尼羅河。你看看四周，想著天堂不是應該會有家人在嗎？

可是你沒看見任何人，只看到一排薩布提人俑。這些人俑會活過來，到田裡工作，準備食物、從事雜務。這樣你就能放鬆享受天堂。通常薩布提都是玩具娃娃大小的迷你人俑，但這些人俑的大小卻跟真人一樣。

你的心不受過錯的拖累！繼續朝天堂前進。翻到第15頁。

前往下一頁。

從這裡開始撕！

唸出《亡者之書》的第6號咒語，這樣可以讓那些人偶在來世開始工作。沿著虛線撕開，照下圖範例摺起紙片。當薩布提人偶彈起、活過來，看看人偶背後，就知道接下來該往哪裡去。

第6號咒語

噢，薩布提！

完成

所有

該完成

的工作吧！

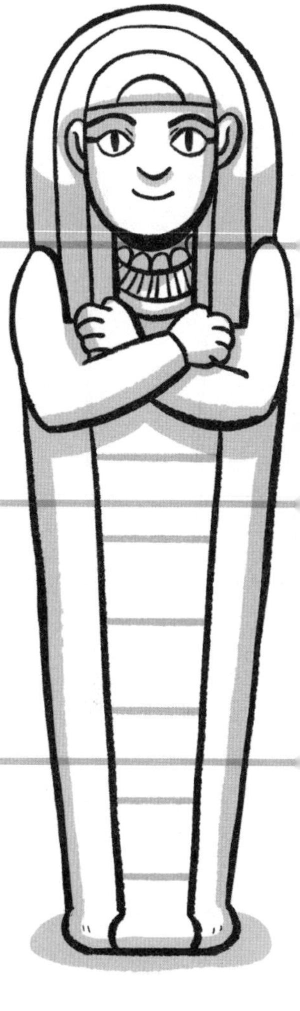

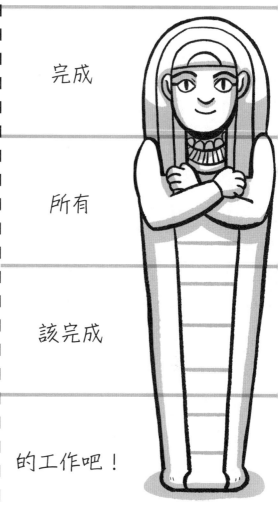

撕到這裡為止

翻到第70頁。

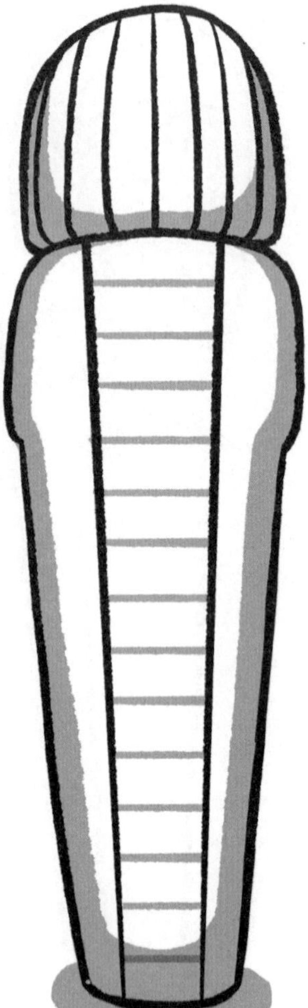

你說出咒語之後，就聽到其中一個人俑發出笑聲，聲音很熟悉。人俑伸手摘下面具。

原來是你父親！他笑著給你一個擁抱。這裡真的是天堂！其他人俑也陸續摘下面具。那是你母親嗎？還有書記官、伊內妮跟奶媽；還有你深愛的金字塔工人團隊，幾乎全員到齊，只有一個不見了。你想晚點再來問問那個工人的事，現在你興奮得無法思考。

「如果你覺得這個遊戲有點可怕，我很抱歉。」你父親說，「我們只是想確保你學習到仁慈和善良的重要性，這是做人的基本，更是統治者要擁有的特質。」

「你學到了嗎？」媽媽問你。

「我要先跟我的好朋友確認一下才能知道。對吧，伊內妮？」你說。

前往下一頁。

伊內妮聳聳肩說：「誰是你的好朋友啊？」

你上前擁抱她，對她說你很抱歉嘲笑她。伊內妮似乎太驚訝，一時說不出話來，但很快她就笑著說：「沒關係啦。」

「謝謝。」你說完便轉身面向父母，「可是你們用來騙我的那個墓呢？那是誰的？」

「喔那個啊，我們可能就讓它空著。」你父親回答，「讓那些來盜墓的人摸不著頭腦！」

「你不問問你贏了遊戲可以得到什麼獎賞嗎？還是經過這一次，你突然變成熟了？」伊內妮逗你。

「才怪呢！」你回答，「我的一日法老什麼時候開始？」

就是現在！翻到第108頁。

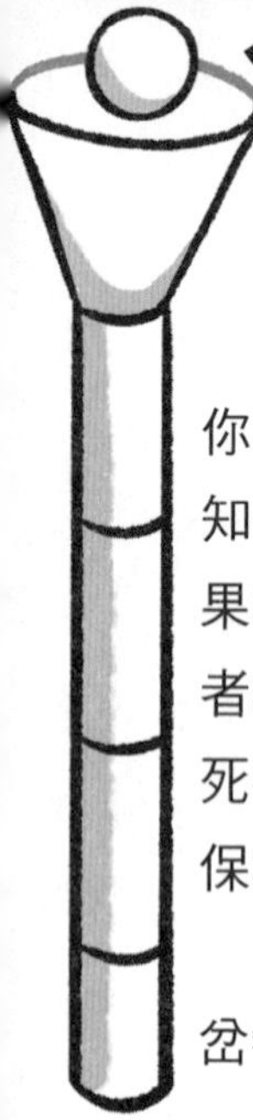
彈珠

很好！你製作木乃伊的技術很熟練！

為了轉移奇歐妮的心思，讓她別太擔心逃脫，你問：「為什麼木乃伊要綁得這麼緊？」「因為它們不知道怎麼放鬆啊！」她開玩笑。接著她嚴肅起來：「如果有人想在來世過好日子，身體就必須在不受盜墓者干擾的狀況下進入冥界。」你點頭。「難怪盜墓是死罪！工人常常會裝上假門、挖祕密通道跟陷阱來保護亡者，但很少成功——」

「我倒是發現了一個能成功的陷阱。」你妹妹打岔，睜大眼睛望著你的背後。

火柴

讓我看看你懂不懂陷阱！
一旦彈珠掉進第72頁的管子裡，
就會啟動連鎖反應。
哪種動物會被籠子罩住？

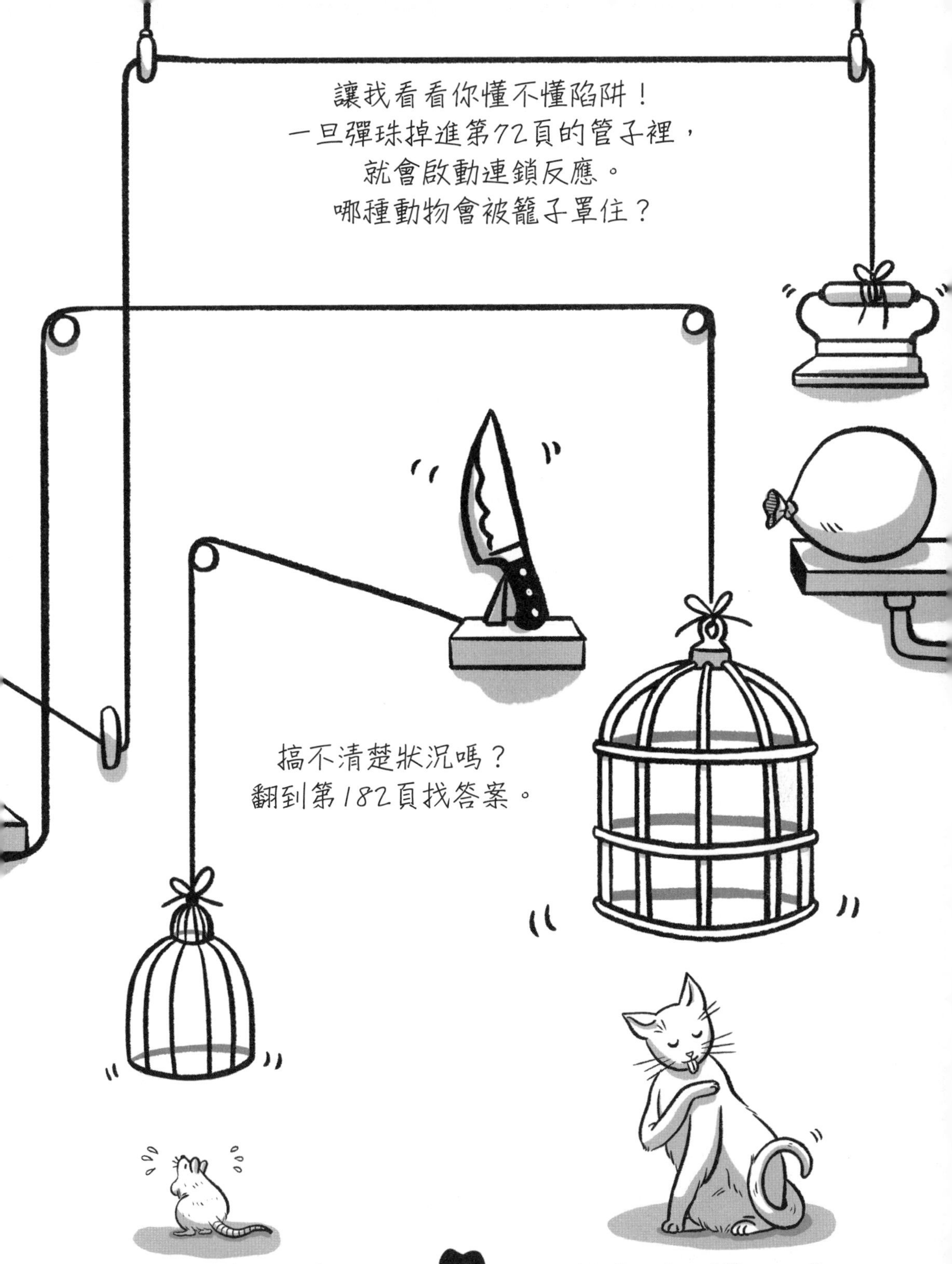

搞不清楚狀況嗎？
翻到第182頁找答案。

老鼠！翻到第111頁。

貓咪！翻到第159頁。

好棒啊，你成功逃脫了！

你完成每條逃脫路線後，
記得將你的進度記錄下來。

在這裡畫出金字塔工人。

在這裡畫出一日法老。

在這裡畫出
考古學家小孩。

我有個祕密，可是我只跟有潛力成為逃脫大師的人分享。
證明你有這種本事吧！翻回第7頁再試別條路線。
等這三條路線都完成後，而且只有等到那時，
你才能翻到第185頁。

考古學家路線

陵墓探索人，歡迎來到你的人生暗夜！

我無法保證你可以逃出暗夜，但還是祝你好運！
只有這條路線發生在現代。

現在，我要你先做個陵墓測驗。想像你在古墓裡觸動了陷阱，巨石朝你高速滾來，你要怎麼辦？快！選 A 或 B，並將第 77 頁的書角摺起來。

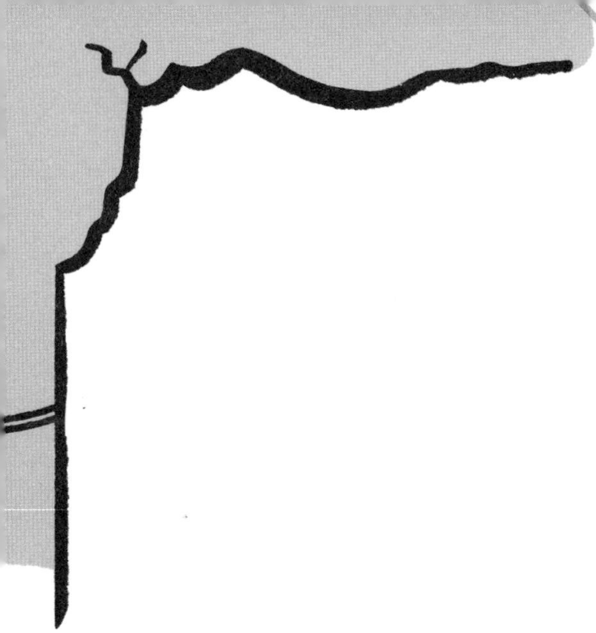

A 想辦法逃跑，
衝啊！摺起書角。

B 想辦法擋住巨石，
並堅守陣地！摺起書角。

畫梯子爬出去！
等你爬到這頁頂端就翻頁。

帥啊！看來你也許有能耐逃出這場冒險。
前往下一頁。

過關
陵墓
測試

畫一道牆擋住巨石！
完成後翻頁。

其實不管選A或B都會成功，
但重要的是你把握了「石」間！

你媽媽是考古學家，她現在正在帝王谷，想挖掘更多關於一位年輕法老的事——從來沒人找到他的陵墓以及木乃伊！

181

你和失蹤的法老擁有相同名字。
這位統治者熱愛動物，又被稱做「萬獸法老」。

你媽媽在距離尼羅河大約 1.6 公里遠的地方，找到一艘太陽之船的其中四個組件（總共五個）。古埃及人相信，法老可以在來世乘著這艘船，和太陽神拉一起遨遊天際。你媽媽認為，找到船的組件就表示附近一定有陵墓。

177

從遺址A開始，
將你媽媽探索過的古埃及遺跡按順序連起來，
把得到的數字填在下方空格。

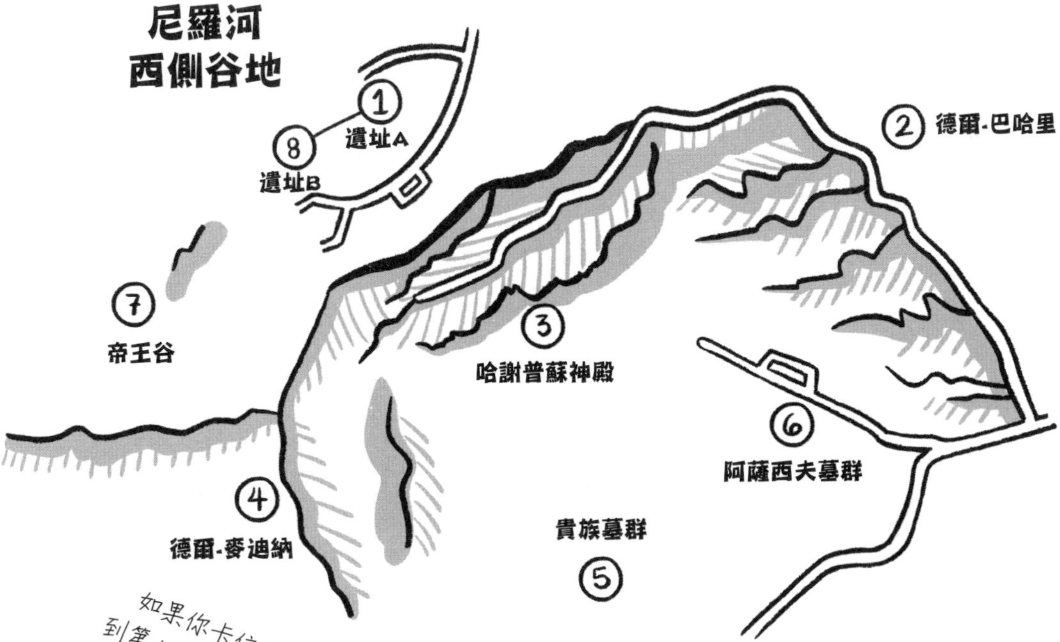
尼羅河
西側谷地
1
遺址A
8
遺址B
2
德爾-巴哈里
7
帝王谷
3
哈謝普蘇神殿
6
阿薩西夫墓群
4
德爾-麥迪納
貴族墓群
5

如果你卡住了，到第183頁找答案。

翻到第＿＿＿＿0頁。

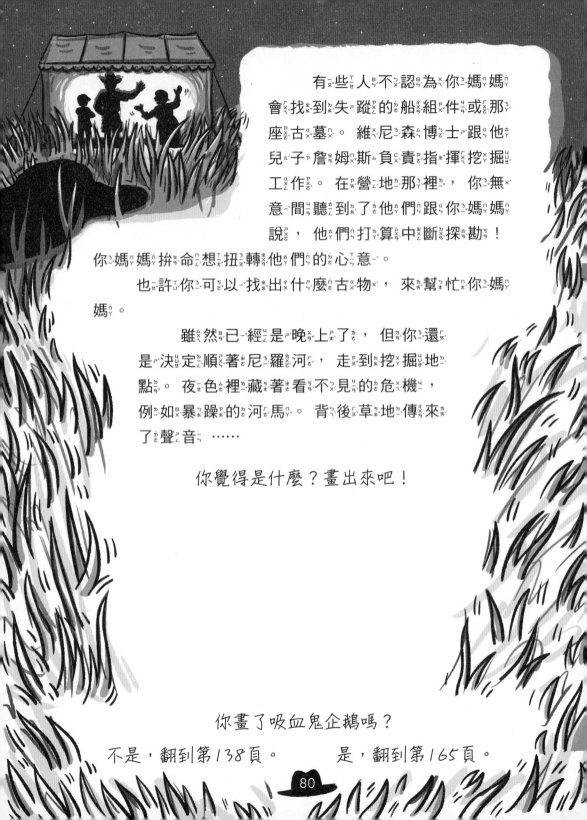

有些人不認為你媽媽會找到失蹤的船組件或那座古墓。維尼森博士跟他兒子詹姆斯負責指揮挖掘工作。在營地那裡，你無意間聽到了他們跟你媽媽說，他們打算中斷探勘！你媽媽拚命想扭轉他們的心意。

也許你可以找出什麼古物，來幫忙你媽媽。

雖然已經是晚上了，但你還是決定順著尼羅河，走到挖掘地點。夜色裡藏著看不見的危機，例如暴躁的河馬。背後草地傳來了聲音……

你覺得是什麼？畫出來吧！

你畫了吸血鬼企鵝嗎？

不是，翻到第138頁。　　是，翻到第165頁。

選得好！維尼森博士帶著詹姆斯往下走……錯了路。他們一定是參考了其他文化，覺得亡者應該會埋在地底最深處。同時，你和妹妹正往上要到真正的墓室去。

奇歐妮腳步很輕快，你知道為什麼。沒錯，雖然有壞人在後面追趕，但你們也很幸運！你們正在探索一座幾千年來不曾有人探訪的陵墓！突然間，狹窄的通道變得開闊，並且往上延伸。

噢！你們來到了大迴廊！
畫出你爬向通道頂端的樣子。完成以後，
翻到第97頁。

這些僕人對於工作內容別無選擇。
說來遺憾，古埃及確實有奴隸。
翻到後面可以讀到更多資料。

181

像你這樣打造金字塔的建築工人並不是奴隸。你們的生活比起很多人都好：有地方睡，可以拿到糧食作為酬勞，像是小麥、大麥、鮮魚、水果、蔬菜，還有大約 4 公升的啤酒。在這裡，人人都喝啤酒 —— 連小孩也是。

有時候你會拿到剛烤好的可口麵包，裡面加了蜂蜜…… 跟風沙。來自四周沙漠的風沙想避都避不了。風沙會鑽進所有的東西裡，磨壞所有埃及人的牙齒！

在這張嘴中，畫出吃了10年的風沙三明治之後，牙齒會變成怎樣。接著翻到第47頁。

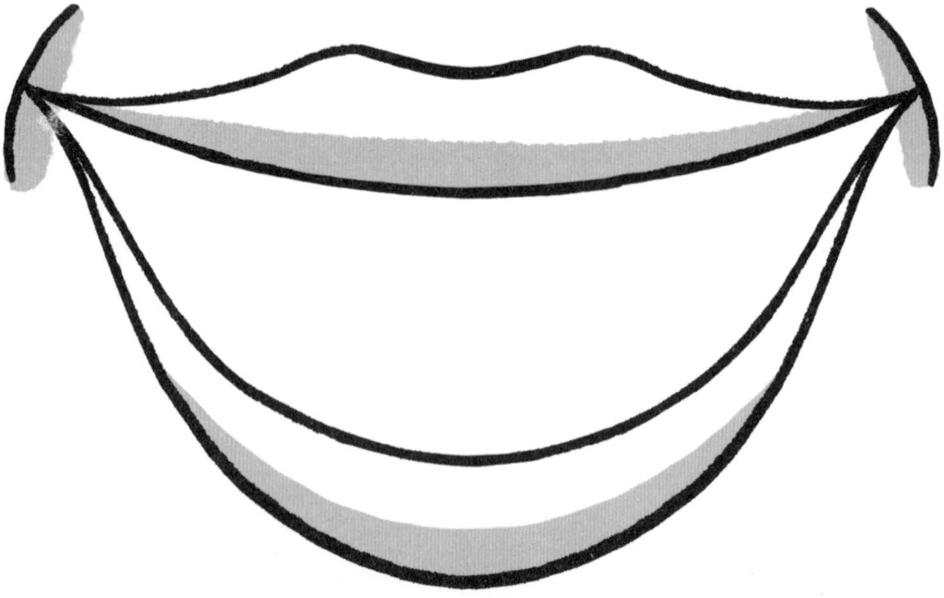

對，的確有證據顯示，人們做爆米花已有幾千年的歷史，可是這座墓裡並沒有滿地的爆米花。

故事完結

好啦，你的決定逗我發笑，我就不跟你計較了。
在你回到第86頁再試一次以前，
先從這張圖找出隱藏的11粒爆米花吧。
準備胃口大開囉。

需要幫忙嗎？翻到第183頁找答案。

很好！看來你們一家人腦袋都很好。

「省省力氣，別叫我回營地。」奇歐妮說，「我要留下來。如果要找出最後的船組件，我們會需要這些。」她拿出你媽媽用來教你們的挖掘工具。

「好吧。」你說，「那我們動手吧。」

你用小鏟子挖地，突然間鏟子碰到了什麼，你馬上停下。你用一把刷子撥開塵土。真正需要技巧的工作現在才開始！為了避免破壞古物，你換使用「牙醫工具」，像是小探針和牙刷。要挖掘過去，再怎麼小心都不為過！

到下一頁去證明你的動作輕巧，
在使用工具時可以靠「感覺」來挖掘。按照我的指示，
小心行事！如果你挖得太快，就可能破壞古物。

挖掘步驟說明

1. 翻到第87頁，用你寫字的那隻手握筆，將筆尖放在起點上。
2. 用另一隻手翻回這一頁，遮住你寫字的手，不能偷看你在第87頁畫的東西。
3. 看著這一頁的尺標來估計長度，完成所有步驟後才可以停筆！
4. 直直往上畫一條6公分的線。
4. 往右畫一條3公分的直線。
5. 往上畫一條1.5公分的直線。
6. 往右畫一條1.5公分的直線。
7. 往下畫一條1.5公分的直線。
8. 從那裡，往左下方畫一條斜斜的直線，連向一開始的起點。

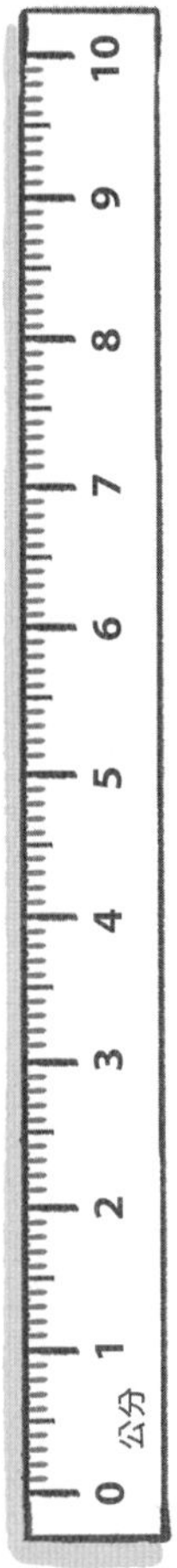
10
9
8
7
6
5
4
3
2
1
0
公分

畫完以後，翻到第87頁，看看你在地下找到什麼！

你們終於滑到底部、滾進了一片漆黑裡。你用手機光線照向妹妹問：「妳還好嗎？奇歐妮？」

「還好，」她說，「可是你真是個糟糕的雪橇！」

你們試著求救，卻發現在地下這麼深的地方收不到訊號。你照了照四周，感覺你們正在某種巨大的洞穴裡。

你在這道光束裡看到什麼？
給你一個提示：要不是很多很多貓，不然就是滿滿的爆米花。
在這裡畫出你看到的事物！

如果你看到貓，
翻到第93頁。

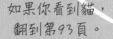

如果你看到爆米花，
翻到第83頁。

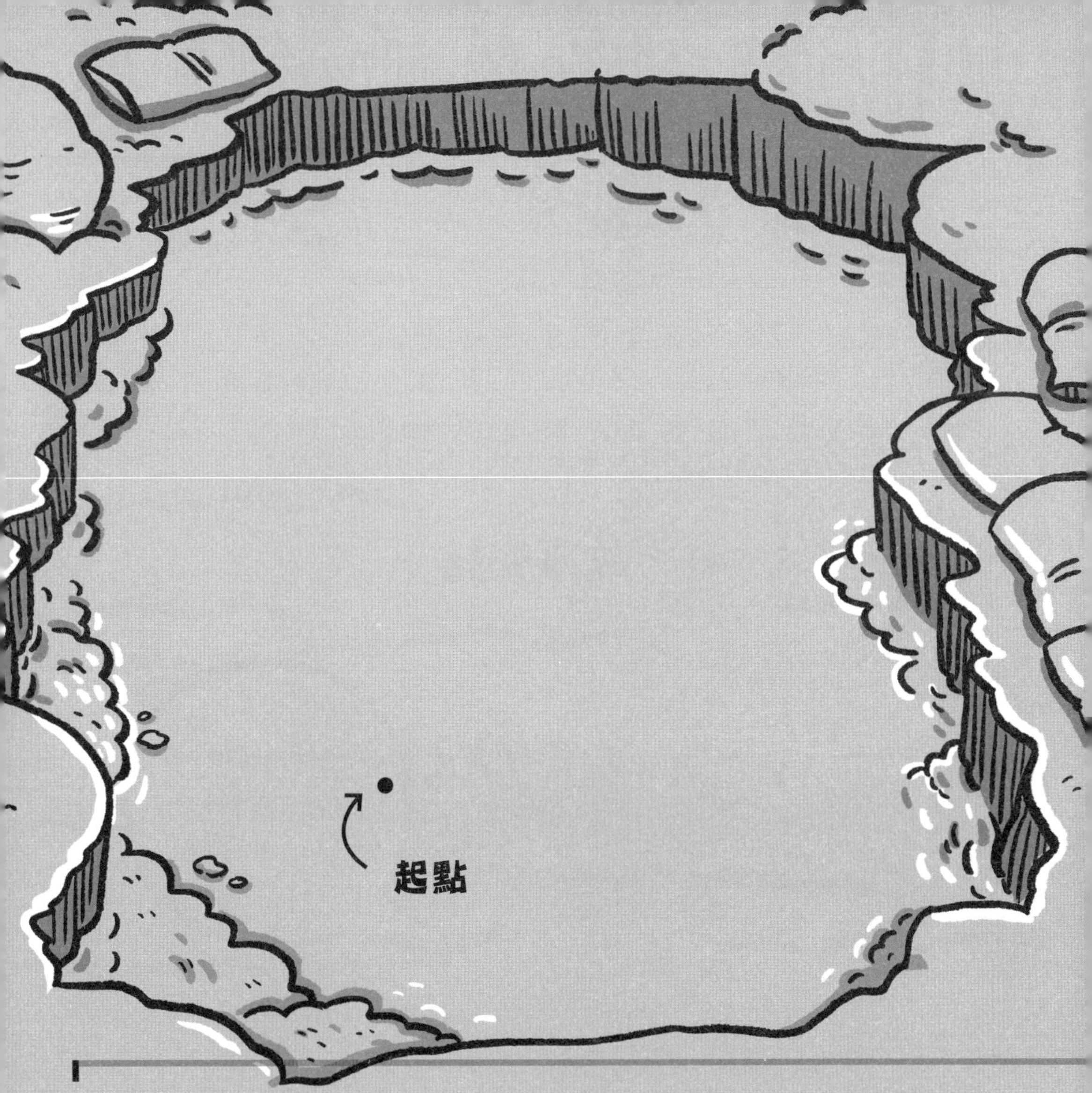
起點

你檢查完自己畫的東西之後，
沿著虛線撕開，將這張紙片往上摺。

天啊，我不確定那是什麼東西。

為了看看你是否找到了太陽之船的最後一個組件，你拿起那個東西，跳進尼羅河，然後……

立刻沉進河底！

故事完結

你還沒滅頂！
我給你正確的組件，
繼續航向第89頁吧。

你畫的東西看起來更像：

這個？
翻到第89頁。
或是這個？
翻到下一頁。

我真不敢相信！這是個重大發現！

「這是太陽之船的失蹤組件！」你妹妹大喊。

「噓！」你說。你不確定為什麼，但總有種被監視的感覺。

「我們應該馬上拿去給媽媽。」奇歐妮低語。

「等等，」你回答，「我們要先拍照，記錄發現地點是非常重要的！」你想盡可能把古物的照片拍得完美，於是從那袋工具拿出折疊式腳架。腳架能讓相機保持平穩，但……呃！有根支架戳穿了地面。

地下有什麼？用你的筆戳過這一頁，
可以看到一個號碼。
翻到號碼那一頁去。

從這裡
戳一個洞。

你和你妹妹往下衝。「小心那個洞！」奇歐妮喊道。

太遲了。你來不及轉向。一眨眼，你們兩個砰的摔進洞裡。這裡一片黑，令人發毛。

「現在怎麼辦？」奇歐妮緊張的問。

糟了，那是？！

故事完結

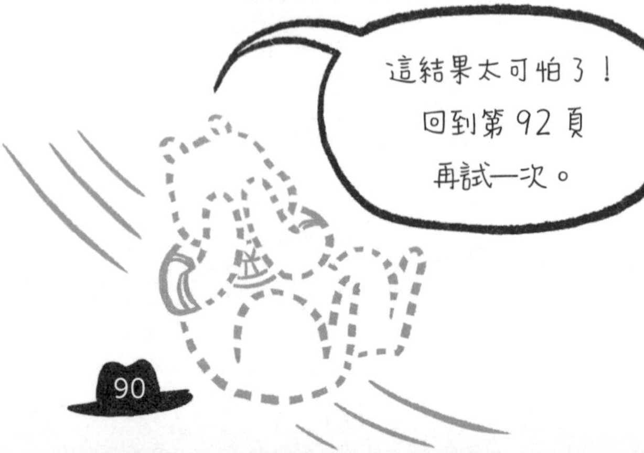
這結果太可怕了！回到第92頁再試一次。

你妹妹蹲在你身邊，你打開了手機的手電筒功能，照進洞裡。底下看起來有一層堅固的灰泥。下面黑漆漆的看不清楚，你輕輕將那個洞推得更大。

把圓圈塗滿，
你不再需要這個號碼了。

91

「早知道就不要挖！」奇歐妮說。

你真該聽妹妹的話。

突然間，洞四周的地面往下崩塌，你摔進洞裡，奇歐妮就跟在你後面！

翻頁！

你的身子不斷旋轉，最後肚子著地、臉朝下順著陡峭斜坡往下溜。

你妹妹撞到你的背。「抱歉！」她大喊。你們兩人瘋狂往下滑，像是失控的雪橇。

這裡太暗了！
我看不到發生什麼事。
畫出你們兩人滑過這座迷宮的路線。
等你們抵達底部後，
翻到出口指示的頁數。

起點
第86頁
第90頁

180

「哇！這裡一定有好幾千具木乃伊貓！」奇歐妮說。「幾千具？」你驚嚇的問。「那也沒什麼啦！」你妹妹說，「還有人發現，有座陵墓裡埋了上萬隻貓呢，為了在來世陪法老用的。」

古埃及人把貓視為神祇。
很多貓死了後都像法老一樣被製成木乃伊，
這樣牠們也能享受來世。

你看到有具木乃伊貓的裹布鬆脫了。你知道嗎？人類木乃伊的繃帶可以長達 800 公尺。

想像你手裡的原子筆或鉛筆是一隻貓。
將這一頁側邊的那條紙撕下，
像這樣裹住你的原子筆或鉛筆。

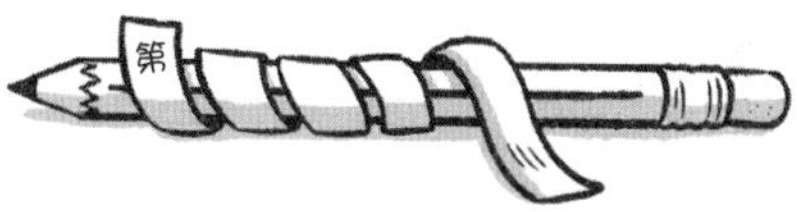
第

把你看到的字按順序全部填到空格裡。

翻到 ＿＿＿＿＿

如果卡住了，
翻到第183頁找答案。

頁 5 6 第

好吃！無花果很可口！

「陛下！」有位年輕女子衝進花園找你。是奶媽希卓，她從你還是嬰兒時，就開始照顧你。她一臉憂心，卻不再多說，直接帶你穿過宮殿，到你母親雅赫摩斯王后的寢宮。

你媽媽斜倚在迎接賓客的長榻上，握住你的手並叫了你的名字說道：「關於你父親 —— 偉大的圖特摩斯王，我有件事要告訴你。」在繼續閱讀前，先填完下方空格，找出你母親怎麼叫你。

當然了，人必須要取了名字才算真正活著，
所以你媽在你出生那一刻就替你選了個名字。她叫你

______________________________，

（填上你最愛的故事角色名）

意思是：______________________________

（你最愛的顏色）

______________________________。

（你最愛的食物）

到底媽媽要說什麼消息？等不及了吧，
翻到第16頁，快快快！

是一大群會動的木乃伊貓！

「等等，」奇歐妮說，「媽媽在找的那個法老又叫萬獸法老，對吧？他的陵墓可能不遠了！」你正要回答時——

上方突然喀嚏一聲、明亮的光線照進來，就像有人點亮了太陽。你們瞇著眼仰頭望去。

連起這些小點。共有兩個圖案，一個必須按照數字順序來連，另一個要按照字母順序來連。等你可以看清楚光裡有什麼，再決定要摺哪個書角。

O
N
P
M
I
S
Q
L
J
R
K
H
G
C
F
D
E
B
A
15
14
13
9
16
12
17
11
10
19
18
8
7
6
3
5
2
4
1

不確定自己看到什麼嗎？
翻到第183頁。

有兩個人！

不是啦。再試一次！

「快，奇歐妮，快上船！」你跟妹妹說。她猶豫不決，你大喊：「跳進來！」她終於跳上船。你把船往外推到水面上，然後爬上去。你們出發了——

但只前進不到 1 公尺。

很遺憾的，你們拼組船的方法不對，船幾乎馬上就沉了！

故事完結

來一趟更順利的
航程吧！
回到第50頁。

維尼森博士和詹姆斯一定跟蹤你們過來了！等你的眼睛適應光線後，簡直不敢相信自己看到了什麼，這景象太驚人了，翻到第98頁！

你們到達金字塔的中心，也就是說，
你們成功抵達墓室！

在你們眼前的牆上有著巨大的圖像，代表埋在這裡的人想在永恆的來世過什麼樣的生活：有音樂和舞蹈！有些法老則選擇畫上僕人、遊戲或美食。

如果你是法老，要在墓室牆壁上畫什麼？畫在這裡。

翻到第104頁。

沿著這一頁的兩條線往後摺，
將紙片稍微往下翻，
就可以將這一頁往上推高，
像這樣：

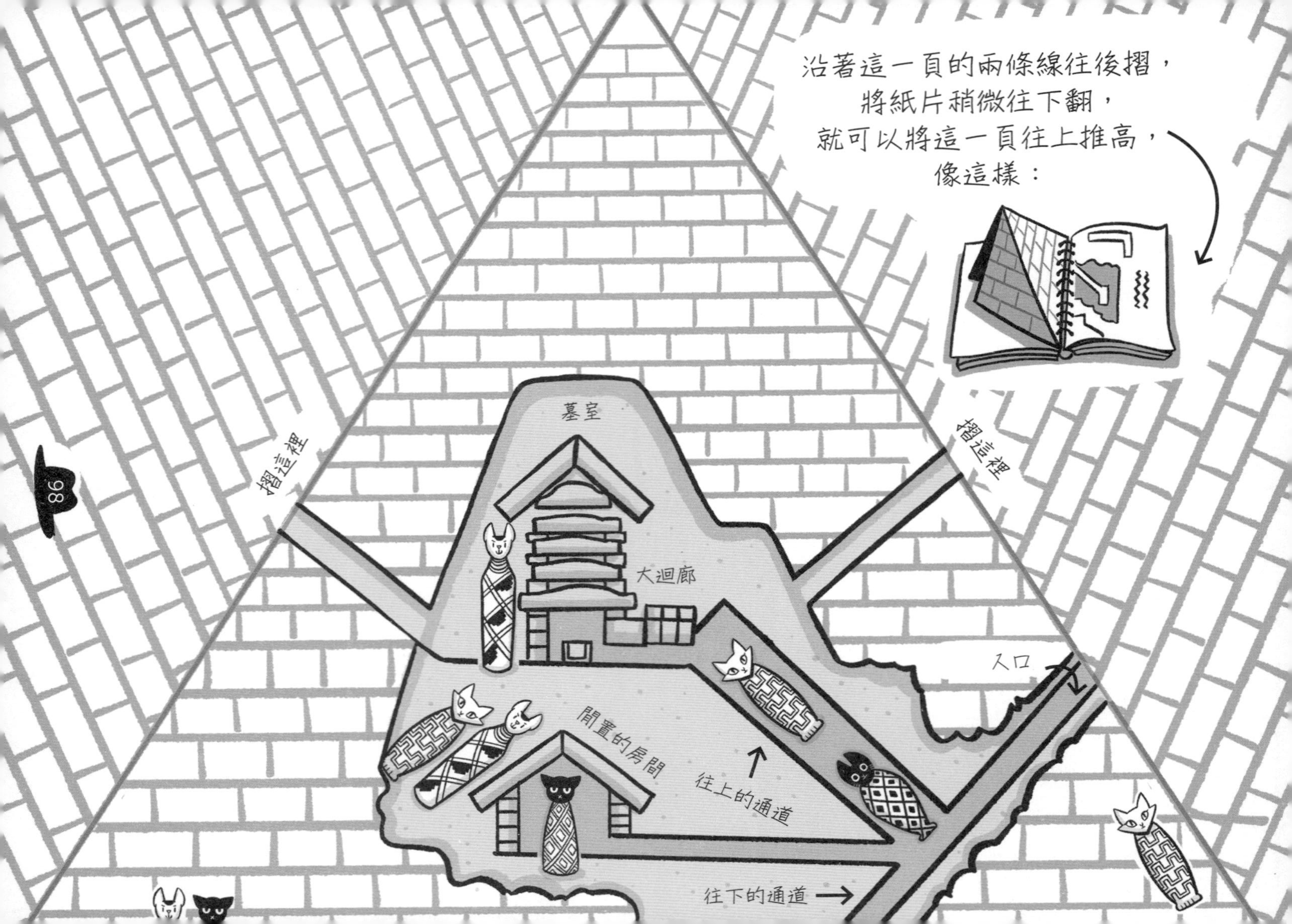

摺這裡
摺這裡
墓室
大迴廊
閒置的房間
入口
往上的通道
往下的通道

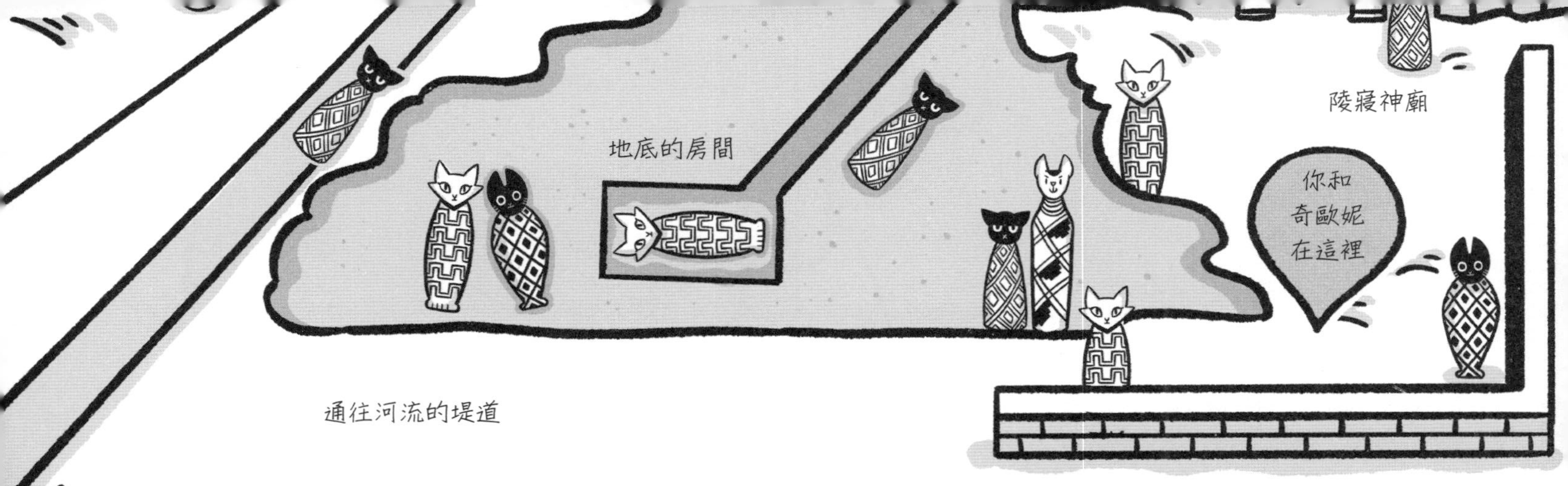
陵寢神廟
地底的房間
你和
奇歐妮
在這裡
通往河流的堤道
圍牆

給你的指示

1. 在這兩頁中，尋找這個模樣的木乃伊貓。 →

2. 你找到了幾個？將那個數字寫在這裡，完成這道數學題。

↙

103－______ ＝______ ⟵ 接下來你應該翻到這一頁。

卡住了嗎？瞥一眼第184頁。

這座龐大的金字塔遺跡竟在地下藏了這麼久！

你突然聽到上方傳來聲響。你抬頭便看到詹姆斯和他爸拉著繩索、穿過洞穴往下降。他們戴著附燈的頭盔，即將落在你們前方。

「我就說那個考古學家挖到寶了吧，兒子！」維尼森博士邊下降邊說。「沒錯！」詹姆斯回話，「我們可以把東西全部偷走，她永遠不會知道！」

那對父子是盜墓人！你們必須躲起來，可是躲哪裡好？不能沿著金字塔外側往上爬，他們會看見的。

雖然我在金字塔上沒看到門，
可是你可以在這裡畫一扇，
讓你們逃跑用。

完成了嗎？翻到第102頁。

「這個訊息說要打破東西，準備——」你舉起手朝棺木揮下，「不！」奇歐妮大喊，「等等！」

太遲了。你的手一碰到棺木，就啟動了陷阱。你們上方的石塊紛紛掉下來。有一塊差點砸到你的腦袋，並將你的手困在棺木裡——就像你隔壁那個盜墓人。好吧，至少接下來幾個世紀你都有人陪！

故事完結

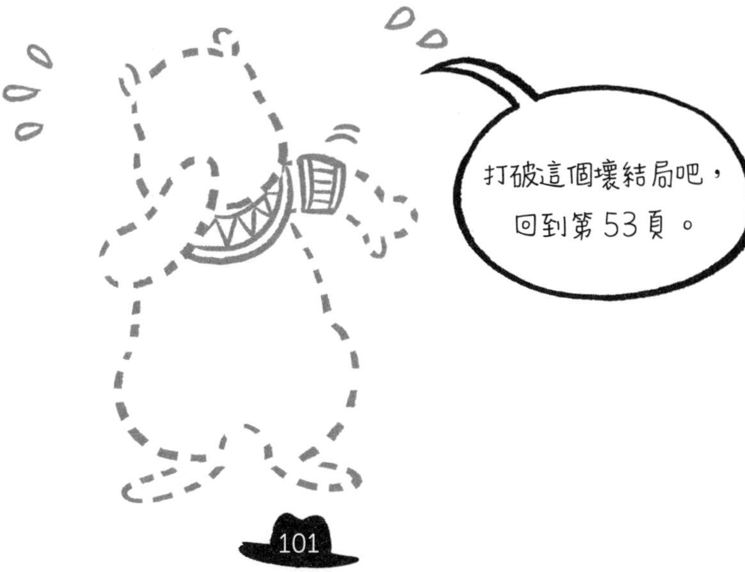
打破這個壞結局吧，
回到第 53 頁。

很好！你們彎腰躲進金字塔，避開耳目……暫時啦！

「怎麼辦？」妹妹問你，「我們被困住了！他們一定會發現我們。」

「我會想辦法阻止他們。」你回答，並用手機的光束照照四周，最後在牆上看見有趣的東西。

建造金字塔的工人以自己的工作成果為傲，常會留下像簽名一般的記號，有時甚至會留下訊息。這則訊息說了什麼？

我將古埃及文翻譯成字畫謎。現在你把它變成句子吧。
（什麼？你該不會以為我什麼都會幫你做吧？）

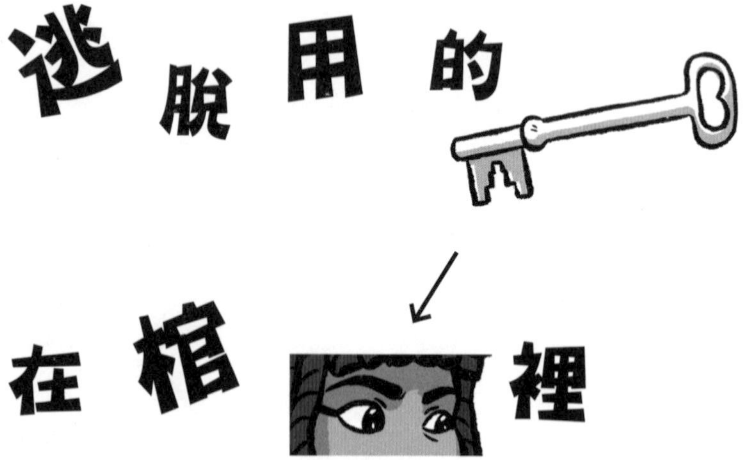
逃脫用的
在棺
裡

不確定這則訊息的內容？翻到第184頁。

你看到「木乃伊」這個詞了嗎？

如果有，翻到第139頁。

沒有嗎？翻到第132頁。

這則訊息是：醫生用來治胃痛的藥，可以通往正確的門，到達母星。

「那是什麼意思？他們以前有醫生？」你問。

「人類史上記載的第一位醫師就是古埃及人，叫做海西．拉，」奇歐妮說，「海西．拉會開處方跟治療疾病，就跟現代醫生一樣。」

她說得沒錯。古埃及醫師認為人會生病是邪靈和惡魔害的。所以他們念咒治病，可是他們也知道怎麼整治斷骨、調配草藥來治療感染、用磨尖的石頭來進行小手術。

181

想想你上一次生病的狀況。
現在畫出一枚可以掛在脖子上的護身符，
阻擋那個疾病再回來。

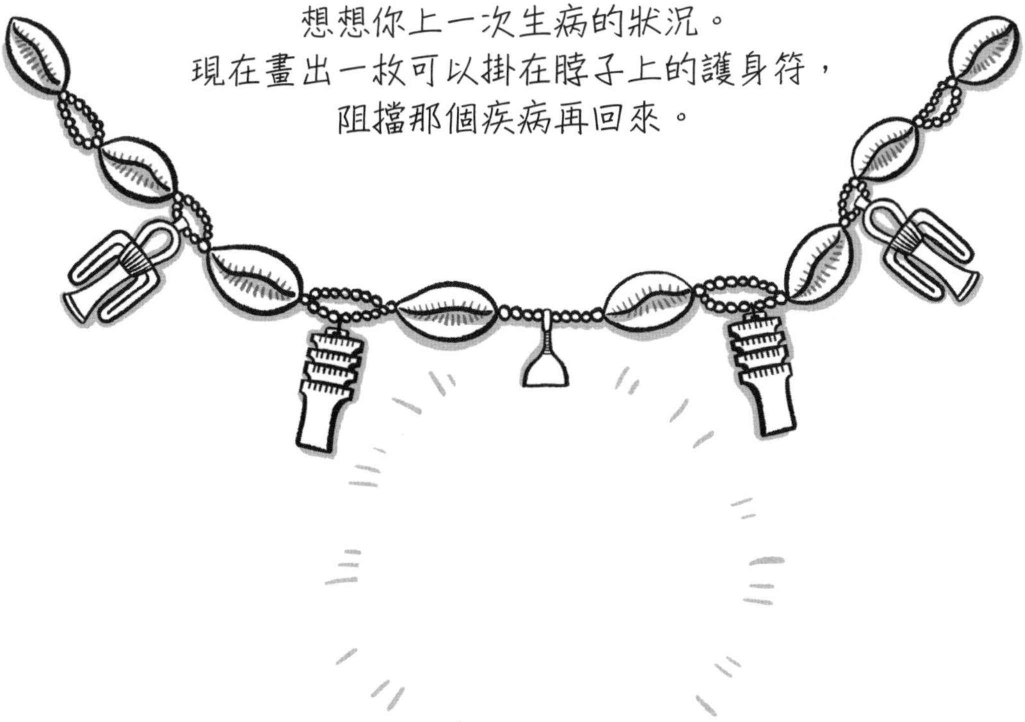

完成以後翻到第28頁。

看起來真棒！
也許我會順路到你的來世參加派對！

「看！」你妹妹指著室內的另一道牆。上面畫出了木乃伊的製作過程。想試試看嗎？

前往下一頁。

製作木乃伊的方法

你閱讀每個步驟時，沿著虛線用撕的或用剪刀小心剪，一路裁到這本書的中間。然後將紙片一片一片翻過來。

1. 使用尼羅河水和酒來清洗遺體。

2. 移除所有的內臟，拿鉤子探進鼻子扭動，然後拉出大腦扔掉。

3. 清洗肝臟、大小腸、胃、肺，放進卡諾匹克罐，罐蓋造型是守護著內臟的神祇。

4. 心臟代表智慧，把它放回體內。接著用一種叫泡鹼的鹽粒填滿體內、蓋滿全身，並放置大約四十天。這樣能讓遺體乾燥，方便保存。

5. 挖出所有泡鹼，改填入碎布、香料、植物維持身體形狀，再用高級亞麻布條纏裹身體。將護身符纏進布條，並唸出咒語，讓符在來世發揮力量。

6. 將裹好的遺體放進棺木，再將棺木放進另一副棺木，重複這個步驟。全部完成後，將所有物品放進墳墓，將墳墓緊緊封住，免得有人盜墓！

你辦到了！
翻到第72頁！

你抓起古船的最後組件，和妹妹拔腿就跑！

可是你們能搶先壞人抵達水邊嗎？

拋擲一枚硬幣。如果是頭像，就往前走一格；如果是數字，就往前走兩格。跟那些壞人們互相輪流——每次輪到他們，他們都會往前走一格！在你們和壞人的最新位置標記打叉。別讓他們領先，也別讓他們追上啊！

繼續玩到你領先抵達尼羅河為止。
然後翻到第50頁！

真是恭喜你！

你是世界強盛帝國的領袖！
把自己畫進古埃及各個
令人驚嘆的地方。

來當一日法老吧！

完成後，
翻到第74頁。

你跳上轎子，坐定之後大喊：「快、快、快！」

你等著風吹拂你的髮絲，等著沿街奔馳，遠離維齊爾和他的守衛。

你等了又等，但一寸也沒動。

我說過轎子要由四個人來扛，你難道忘了？
真沒見過你這種大呆瓜。

守衛抓住了你，將你拉走。

故事完結

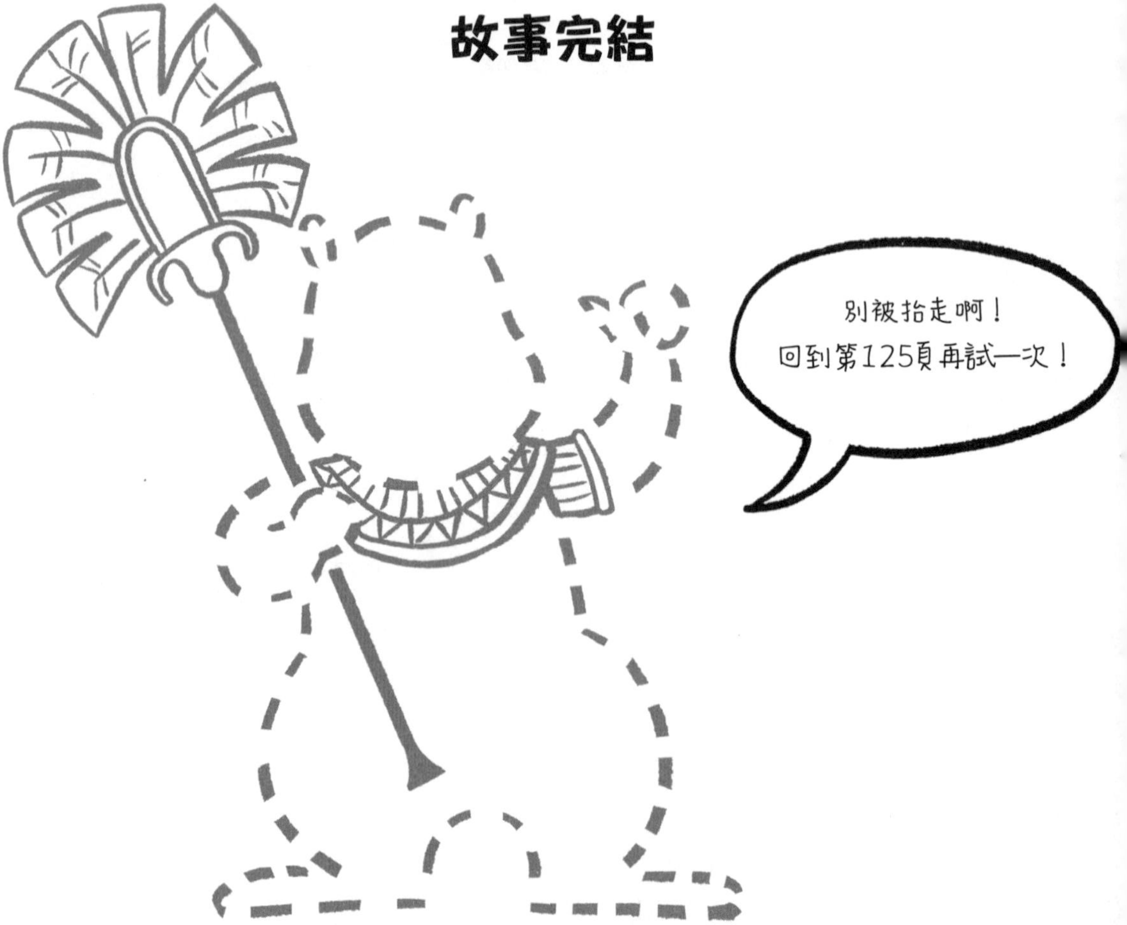
別被抬走啊！
回到第125頁再試一次！

179

你轉身便明白奇歐妮在說什麼。房間另一頭有具骷髏：一隻手臂伸向棺木，但身體其他部位都埋在一大片石板底下。

「那個盜墓人一定觸動了陷阱。」你妹妹說，「天花板垮下來壓住了他。」你焦急的說：「我們得安全的開啟那副棺木。那則訊息說裡面有鑰匙。」

你們看到棺木上寫著一串象形文字。「我想這些象形文字是在說要怎麼打開這副棺木，」你妹妹說，「那個盜墓人一定讀錯了意思。」

象形文字可以往前讀，也可以往後讀。
而動物符號總是朝向句子的開頭！

畫出鳥的頭，你要讓牠們頭朝右或左？
兩隻鳥必須朝向同一邊。完成後沿著虛線撕開，
然後摺起紙片。

左　　　　右

畫得好！

「這些象形文字寫說，想解鎖這副棺木的話，必須先把這座墓裡的法老名字寫出來。」你妹妹說，「幸好這個法老跟你同名！」

古埃及人相信，如果有人將亡者的名字說出來，那個人就能「復生」，所以墓中到處都要寫上那位法老的名字。
古埃及人發明了由700個象形文字（動物和物品的圖案）組成的書寫系統。在古埃及，書寫的工作全由書記官負責。他們從小就被選來擔任這份工作，受訓多年才能精通這套語言。

但是你必須「馬上」掌握這套語言！前往下一頁。

你畫的小鳥
面向右邊嗎？
翻到第158頁。

你畫的鳥
面向左邊嗎？
翻到下一頁。

下方是簡化過的象形文字與英文字母對照表。
按照這個表格，
在底下空格用象形文寫出你自己的英文名字。

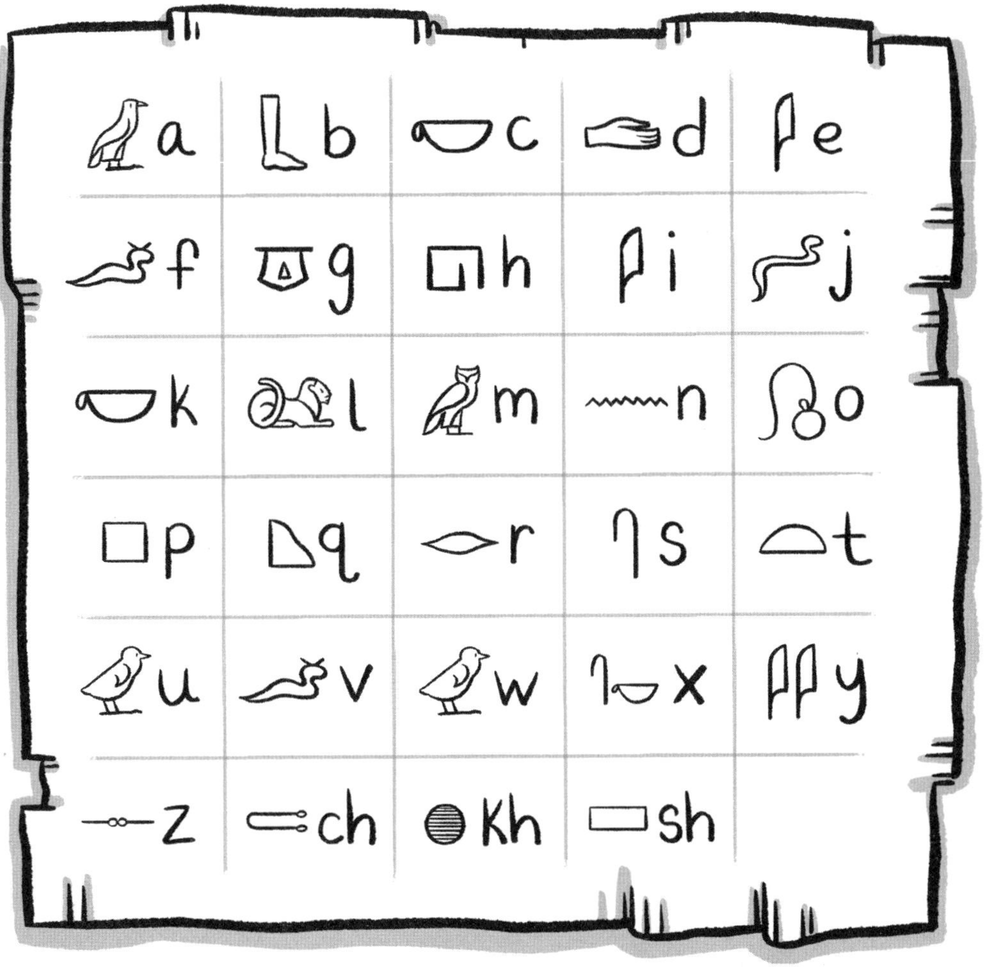
a b c d e
f g h i j
k l m n o
p q r s t
u v w x y
z ch Kh sh

完成以後，
翻到第53頁。

176

「哈的祕密圖像是我右腳的名字，」你說，「哈索爾之花是我左腳的名字。」接著地板說：「我們認識彼此了，你可以通過。」

很好！你穿過這裡走到真理大殿。準備接受42位神祇的考驗，看看你是不是好人！

對古埃及人來說，仁慈是十分重要的特質。

你想到今天早上才嘲笑過伊內妮、讓她傷心，你希望神祇不會問起那件事！你暗想自己一直都是好人，尤其跟歷史上的其他法老相比。例如佩皮二世曾下令，要僕人全身塗滿蜂蜜，這樣蒼蠅就會簇擁在他們身上，不會來煩他。

哇，還有人覺得我不好相處呢！

畫出佩皮二世和僕人們的故事，這樣就能讓神祇們評評理。

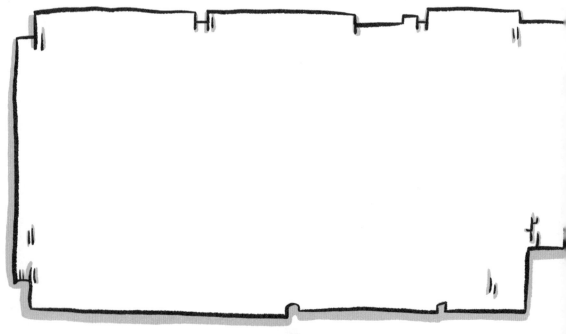

畫完就到第56頁去。

「來吧，」你說，「我們得回地面上去找媽媽。」

你將奇歐妮往上推進標有腦袋 1 的觀星管道，然後你們兩個爬上陡峭的通道。這並不容易，爬得越高越吃力。

你的腳踩到了鬆脫的石頭，糟糕，你啟動了一個陷阱！一塊巨石沿著管道往下掉，從上方朝你們滾來。

還記得在這歷險的一開場，你逃離被大石塊壓扁的命運嗎？

你這回恐怕沒那麼好運了。

故事完結

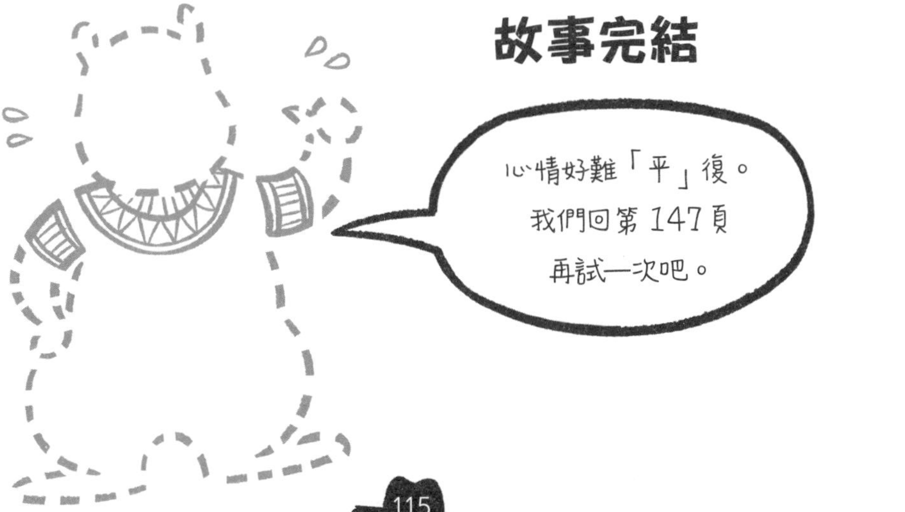
心情好難「平」復。
我們回第 147 頁
再試一次吧。

你突然驚醒！感覺腦袋後面是個石枕。你扯掉遮眼的布條，藉著房間內的火炬亮光觀察四周。你倒抽一口氣——這裡是座墓室！

好啦，我知道這可能只是你爸爸給你的遊戲。
但這裡畢竟是古埃及——你最好確認一下自己不是木乃伊。
想到木乃伊，我就有點頭暈。
你能不能替我完成下面其中三張圖？

6步驟帶你
70天製成木乃伊

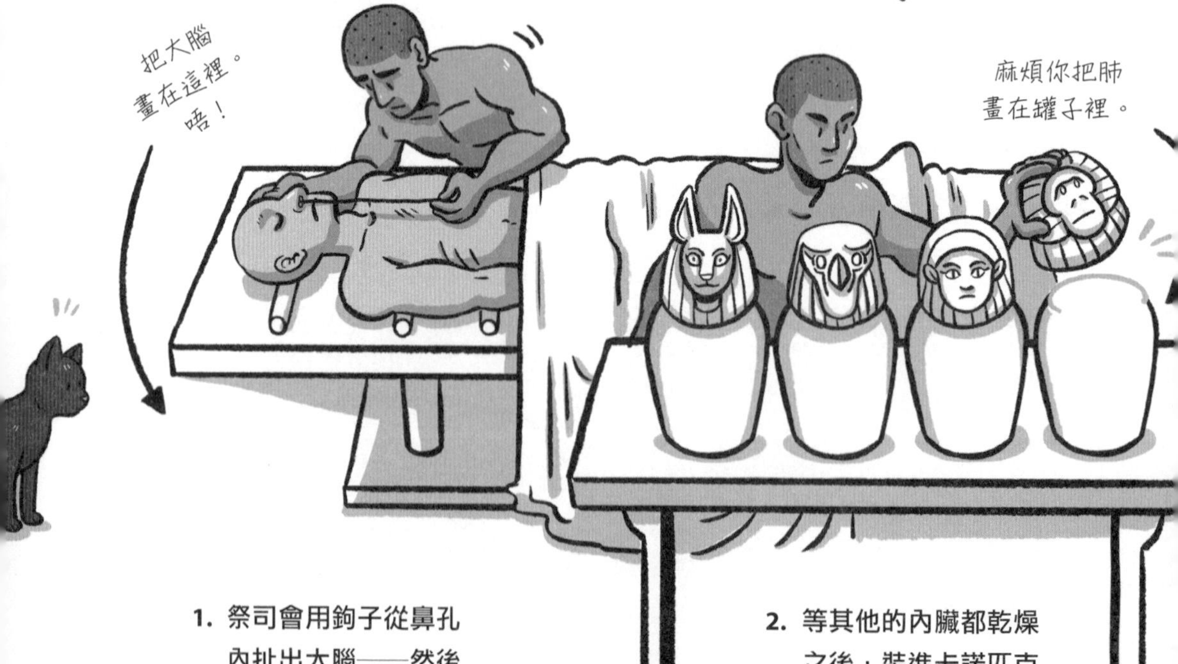
把大腦
畫在這裡。
唔！
麻煩你把肺
畫在罐子裡。

1. 祭司會用鉤子從鼻孔內扯出大腦——然後丟掉。他們相信心才是智慧的源頭。

2. 等其他的內臟都乾燥之後，裝進卡諾匹克罐裡。

你能不能
把心臟畫回這邊
的身體裡？

3. 把遺體用酒和香料潤洗，並塗油。

4. 心臟要放回去，此時身體裡已塞滿鹽類。鹽分能吸收水分、防止腐壞。

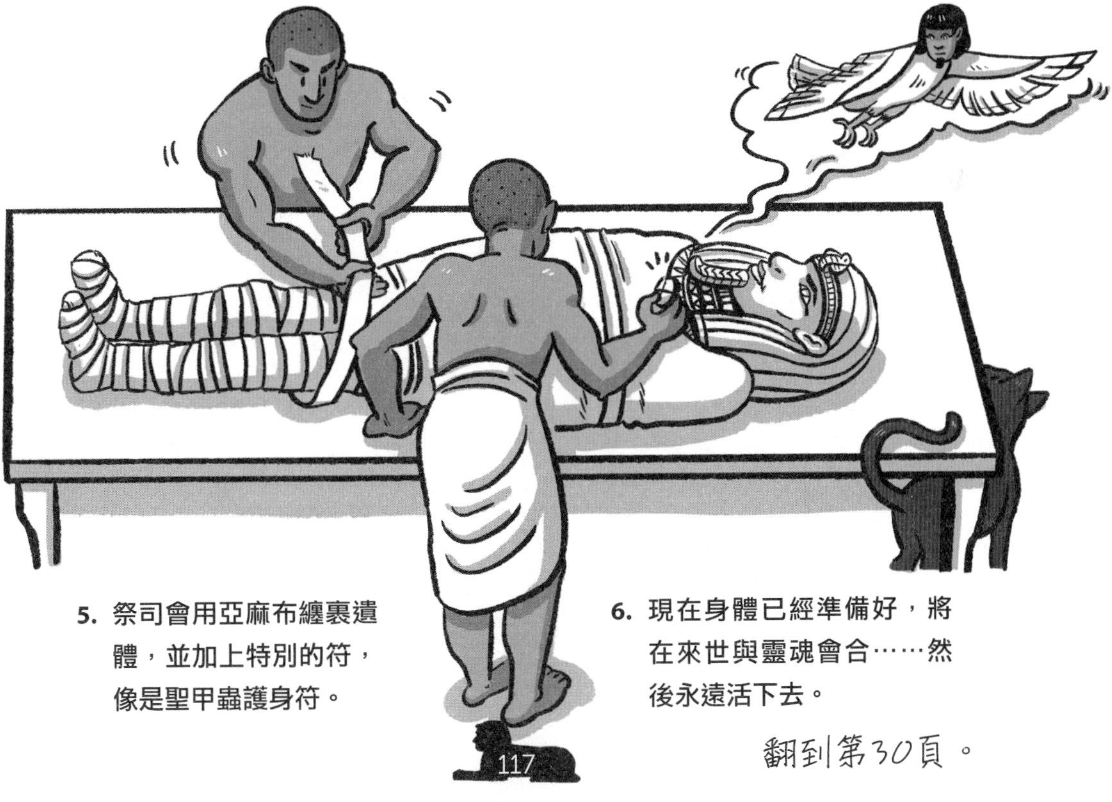

5. 祭司會用亞麻布纏裹遺體，並加上特別的符，像是聖甲蟲護身符。

6. 現在身體已經準備好，將在來世與靈魂會合……然後永遠活下去。

翻到第30頁。

你記得那個金字塔工人關於胃痛的提示，所以你輕拍豬牙籃後面的門。空洞的鈍響告訴你，這正是你需要的門！你推了推門，門板往後滑開，露出一條陰暗狹窄的通道。

維尼森父子正要從隔壁房間過來了！「快！」你對妹妹說。你們兩人衝了進去，並把門關上。你和奇歐妮沿著走道快跑，道路突然岔成兩條幾乎垂直往上的管道，你想你們可以選一條往上爬。「我知道管道是用來做什麼的！」奇歐妮說。

畫出古埃及人想在這些管道頂端找什麼。

177

如果你畫出太陽的話，翻到第124頁。

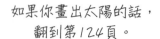

你的畫面如果有很多星星，翻到第146頁。

「我們竟然丟下那個無價的古物，那可能是本世紀最重要的發現！」你一邊牽著妹妹的手在黑夜裡狂奔，一邊大喊。

哼，你乾脆喊給全世界聽算了。
我真不敢相信你竟然把那艘船的組件拋在後頭！

忿忿不平的不只有我一個。你拔腿衝刺時，沒看清楚方向，直接迎向一頭暴躁的河馬。你迎面撞上了那頭動物，牠的暴躁程度竄升了一百倍。

你有沒有看過壓路機壓扁一顆柳橙的樣子？

我想我剛剛可能看到了非常類似的情景。

故事完結

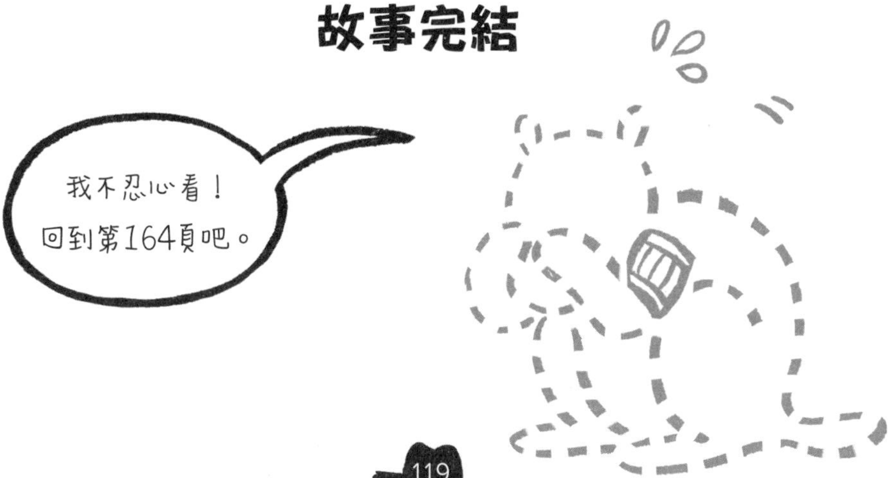
我不忍心看！
回到第164頁吧。

「嘿，大金字塔可能要用到 230 萬塊石頭，」你對大家說，「這表示我們只要再推 200 萬塊左右就行啦！」可是你的笑話沒有人笑——因為根本沒人聽到。大家都到哪裡去了？

你從你在的那層邊緣往外望去，維齊爾和他的守衛在底下拖走你的團隊！不，是因為在石頭上寫字闖禍了嗎？你褻瀆了這座神聖的建築嗎？可是其他工人都這麼做啊，不公平！

「等等！」你大喊道，丹恩聽到你的聲音，抬起頭，一臉困惑害怕，來不及說什麼就被拉走。

你知道他為什麼擔憂。輕罪的懲罰就夠糟了，其中一種懲罰是割鼻！有位法老還建造過專門給無鼻人住的城市，將那些他懲罰過的人集中在那裡。

無鼻人之城

把鼻子還給這個城市的市民吧！
為所有人和動物畫出鼻子，然後翻到第148頁。

你和妹妹手忙腳亂沿著管道往上爬。太好了！這是對的路！這個管道通向金字塔外。你們小心翼翼爬上傾斜的金字塔牆面，仰頭一看，雖然你們還在地底，但可以看到隱約的月光從最開始掉落的洞口照進來。「我們到金字塔頂端去吧，」你說，「希望我們可以從那裡爬出洞外。」

「不准跑！」詹姆斯從下面大喊。他和他爸爸正順著觀星管道，奮力朝你們爬來。

快！快！快！

好不容易到了金字塔頂端，你發現你們還是搆不著那個洞。你們必須自己打開一條出路，便開始敲打離你們頭頂最近的灰泥。起初毫無動靜，但接著泥塊開始龜裂……

沿著虛線撕開，
摺起這張紙片。

古埃及人沒有墨鏡——盯著太陽會傷害眼睛。就在你被自己畫的太陽亮得受不了，揉著眼睛的時候，維尼森父子追了上來！

故事完結

你還是可以
回到第118頁再試一次，
朝希望之星前進！

快到第164頁去！

畫得好！除了牆上，你也在空棺木裡留下訊息給法老，並在金字塔的入口內側又留下提示，要他仔細檢查墓室。

你完成最後的提示時，聽到有人大喊：「那邊那個人！停下來！」

是維齊爾，離你大約 200 公尺，他向隨身的守衛指出你的位置。他們開始朝你衝過來。逃走的時機到了，挑一種逃離的方式！

雙腳：通常大家都穿著莎草做成的涼鞋，用走的往來各處。但你那雙腳比不上士兵們飛快的步伐！

176

戰車：這種馬拉的雙輪交通工具一般用於戰爭和競賽。到第 157 頁去。

轎子：造型是簡單的平臺，但很仰賴人力。當你很有架式的坐在轎子中央時，會需要有四人握住桿子往上抬。翻到第 110 頁。

驢子：很多人騎這種動物，但驢子動作太慢，沒辦法讓你及時逃脫。

船隻：帆船可以在尼羅河上行駛得極快，一天將近200公里。可是在沙漠中，你無法搭船到家人身邊！

船組好了，你們辦到了！你和妹妹輕輕把船推進水中，然後踏入船裡——

就在那時，維尼森博士和詹姆斯從黑暗中衝出來朝河岸狂奔，打算跳進水裡，游泳追趕你們。

「如果我是你，就不會這麼做！」你妹妹大喊。「為什麼不？」詹姆斯輕蔑的問。「呃，因為水裡有一隻很餓的鱷魚！」你嚷嚷，但你不太擅長說謊。

「你們只是在唬人，攔不住我們！」維尼森博士不甘示弱的說。

「哼，那就交給我們！」你聽到有誰高喊。

是你媽媽！她帶著四名警衛一起來，他們馬上逮住維尼森父子。「孩子們！」你媽媽說，「真高興找到你們！我就覺得那兩個沒安好心。看來我想得沒錯！」

「妳沒想錯的不只有那件事而已，媽！」奇歐妮呼喚。你往下一看。沒錯，你們不只成功逃脫，也證明媽媽的想法一直都是對的。

這艘古老的太陽之船正在水上行駛呢。

慶祝的時候到了！翻到第74頁。

金字塔工人路線

你挑的這條路線很有挑戰性喔！ 你犁過田嗎？

別慌，往下看就知道是怎麼回事了。

在你開始建造金字塔之前， 你和家人都一直辛勤耕地。

1. 用兩隻手指夾住原子筆或鉛筆， 像這樣。

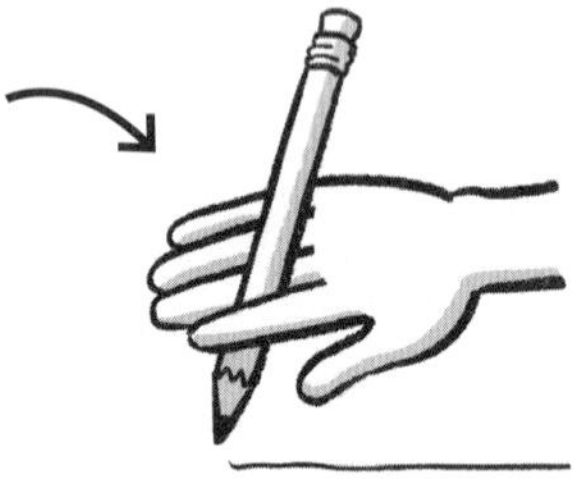

2. 現在來試試， 在下一頁從起點到終點， 畫出三條直直的田畦來種植穀物， 記得避開所有障礙。
3. 如果你在田裡碰到岩石、 動物或其他阻礙， 就必須重新開始。

我替你示範了一條。
沒那麼簡單，對吧？犁出三條田畦來種穀物吧。

終點
起點

很好！你翻頁以前，在空格處寫下一個形容詞（A）和你最喜歡的名人（B）。

A　　B

尼羅河每年都會氾濫。一旦水淹過田地，你就無法耕作。所以很多農人（就像你！）每逢淹水季節就必須參與大型建築工程 —— 像是金字塔。

建造金字塔很辛苦。必須將重達好幾公噸的岩石推上斜坡。建築工地到處都藏著危機，一不小心就會弄斷骨頭或傷了手腳。不過，大多時候你還是喜歡這份工作。你參與建造金字塔後，就有能力買得起驢子，替你家人拉犁耕田。

你出門上工時，向驢子說再見。

將你填在第129頁的字抄在這裡。

「晚點見，______ ______！」

A B

你離開家前，
依依不捨的看了看你的驢子。
現在閉上眼睛，並拿筆替驢子畫上耳朵和尾巴。
試到驢子可以「正確的」聽見你的聲音、
搖尾巴跟你說再見為止。
然後翻到第20頁。

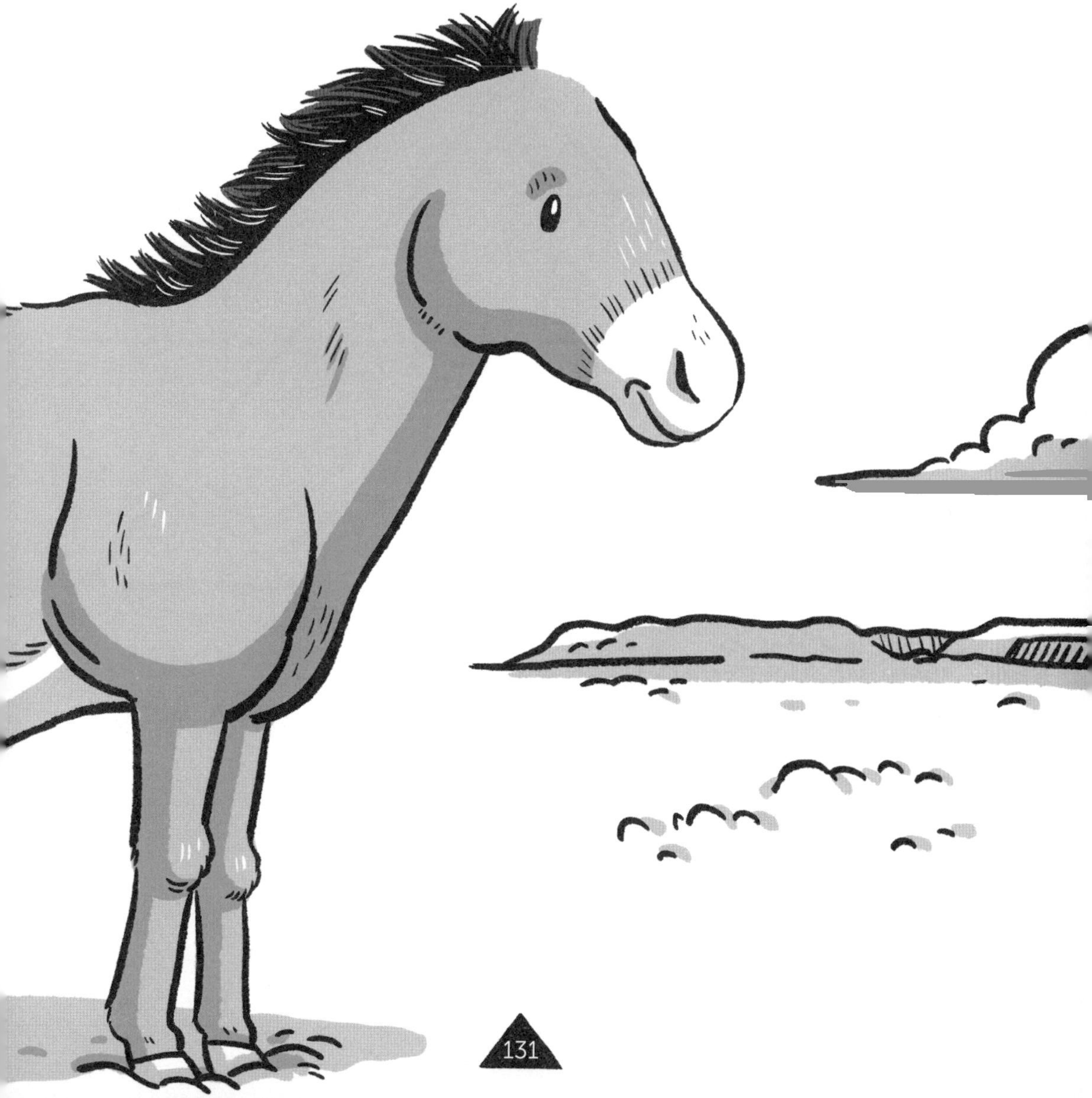

你大聲讀出訊息：「逃脫用的鑰匙在棺目（木）裡！」奇歐妮說：「我們必須快點出去警告媽媽，說這座金字塔有賊入侵！」

工人留下的訊息可能是逃出關鍵。試著找到那副棺木！

你在想這座金字塔是不是跟你研究過的其他金字塔一樣。你想到吉薩大金字塔的構造圖。看起來像這樣：

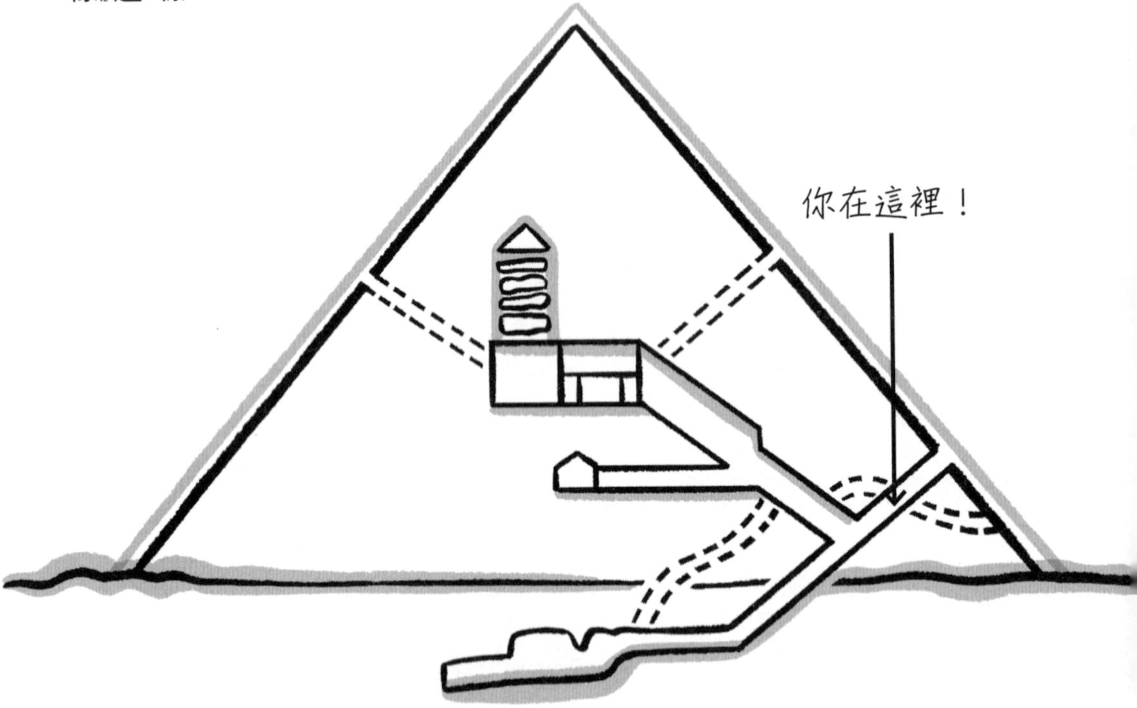
你在這裡！

前方隧道朝兩個方向岔開——一條往上、一條往下。你該走哪條才能找到棺木？

快！我可以聽到維尼森博士和詹姆斯就在你們後面！

如果你選擇往上走，翻到第81頁。
想往下走嗎？翻到第161頁。

「別擔心，我的孩子，」你媽媽說，「你父親沒事！他有個驚喜要給你，」

我好想快點知道！你爸爸給的驚喜一向很棒！

「他忙著籌備一個遊戲，叫做『逃出冥界』。這是專門為你做的，全世界獨一無二。你父親說如果你逃得出那個遊戲，就可以擔任一日法老！」你媽媽說。

176

這時代的埃及人相信，來世主要部分都在冥界。現在帶你快速遊覽一下！在這座迷宮裡，描出從起點到終點的路線，然後在下方空格填入路線經過的兩個數字，並翻到那一頁！

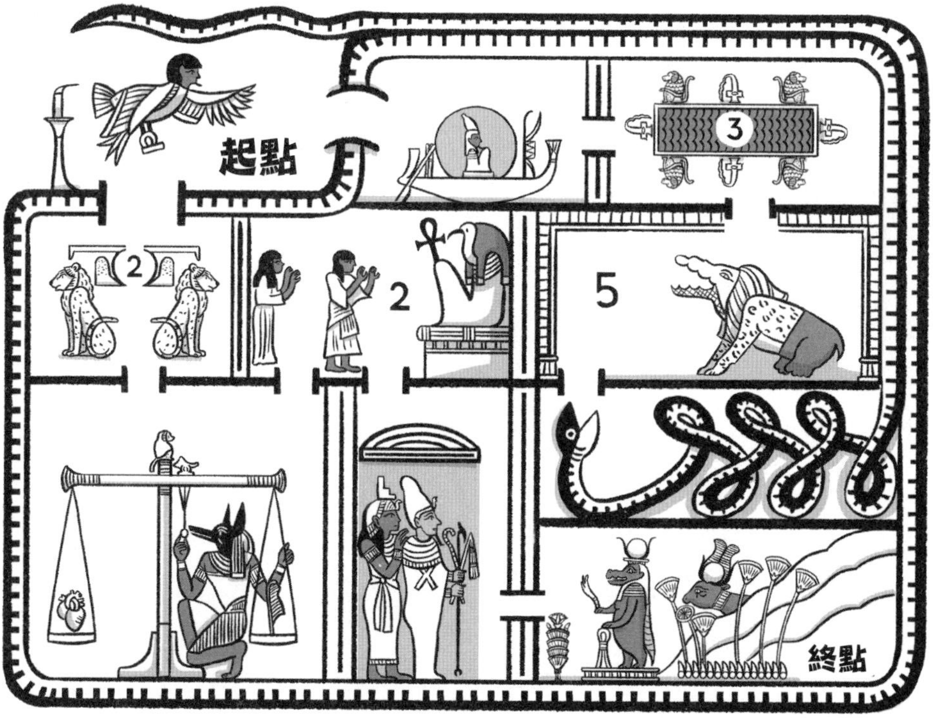

起點
3
2
2
5
終點

翻到第＿＿＿頁

如果你覺得很吃力，
就到第184頁找答案。

當你抵達高漲的尼羅河、跳上10公尺長的駁船時，陽光已非常熾熱。「出發吧！」你說。船上8位男子開始划船，船迅速往北方的下游走。往上游行駛的船隻會利用船帆來捕風，往下游走的船隻則要仰賴船夫和水流。

駁船上有塊重達30公噸的巨型砂岩，是從附近的採石場運來的。你負責將石塊送到金字塔的建築工地。

因為古埃及人沒有使用釘子，
造船工匠會用繩索將木片綁起來，
再將蘆葦塞進木片縫隙防止進水。
埃及的樹木通常都很矮，不容易做成長板，
所以大多船隻都是短木板混搭建造成的。

一大捆蘆葦。

噢不，駁船的前側突然開始進水。
動作快！在那個洞裡畫越多捆蘆葦越好。
你畫了兩大捆以上的蘆葦嗎？
摺起這個書角。
如果你只畫了一捆蘆葦，
摺起這個書角。

你把破洞修理好了！
翻到第136頁。

很好！你們持續順流而下。你們運送的那塊巨石，是建造巨型金字塔所需要的幾千個石塊之一。你希望能替你朋友打造一座完美的金字塔。等等，看看那艘華麗的船！有位富有的書記官正在遊河，一邊還欣賞樂師的表演，同時有18個船夫替他搖槳。繫在大船後面的那艘小船是伙食船，他的僕人正在替他準備午餐！

沒塞滿的話船會沉的，
再多畫一點吧。

你想搭什麼樣的古埃及船？
畫在這裡。

我好奇問一下：你在船上畫了馬達嗎？
如果是，翻到第174頁。
如果不是，翻到第82頁。

「吼！」陰影裡傳出叫聲。你嚇得血液凝結，準備拔腿就逃。接著你聽到咯咯笑。「抱歉，嚇到你了嗎？」

是你妹妹！奇歐妮小你一歲，但她冰雪聰明、觀察力敏銳，連非常細微的改變也看得出來！

把兩張圖片不同的地方圈出來。
你可以看出幾個？
在下方空格填進答案。

翻到第8___頁。

如果你找不到答案，
到第184頁去。

「看來這個訊息要我們回去找木乃伊貓！」你說。「我們逃脫用的鑰匙就在那裡嗎？」奇歐妮懷疑的問。

「只有一個方法可以查出來。」你回答。你們悄悄走回放了幾千具木乃伊貓的墓室裡。維尼森父子一定還在金字塔的下層找你們。

「鑰匙可能在這裡！」你說，朝墓室牆壁上方的架子伸手，那裡放了 80 具左右的木乃伊貓。

呼咻！那是牆壁裂開、數十具木乃伊貓掉落的聲音——就落在你們身上！

故事完結

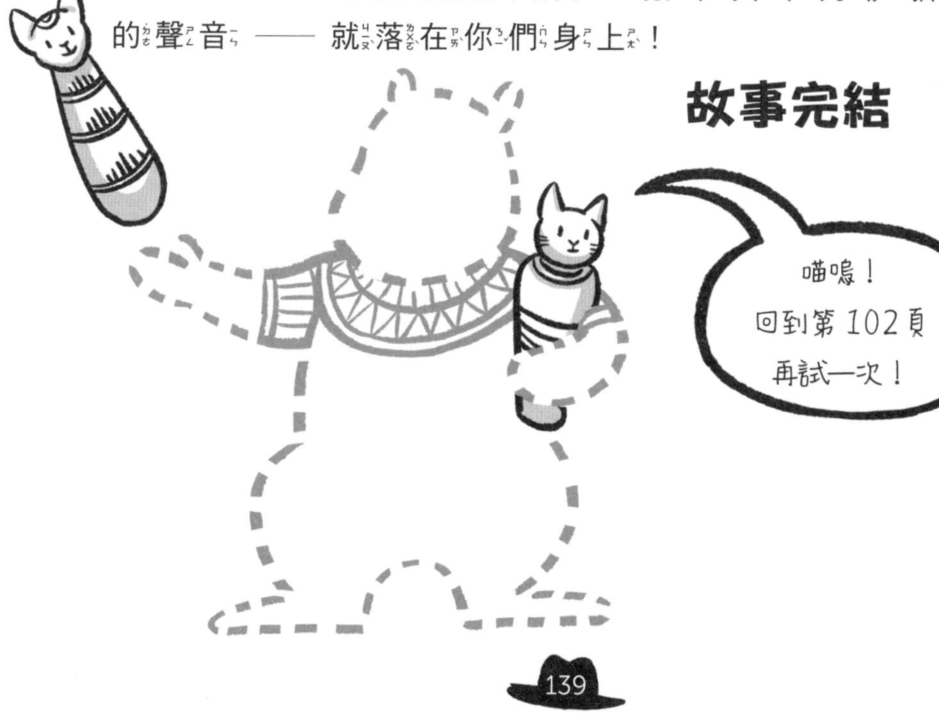
喵嗚！
回到第 102 頁
再試一次！

噢！我認識寫《書之亡者》的人！
她是我一個很好的朋友，
叫做「妮桃布吊德」。
我覺得你應該不會喜歡她，
大聲唸出她的名字，
你就會明白為什麼。

你的逃脫行動結束了！

故事完結

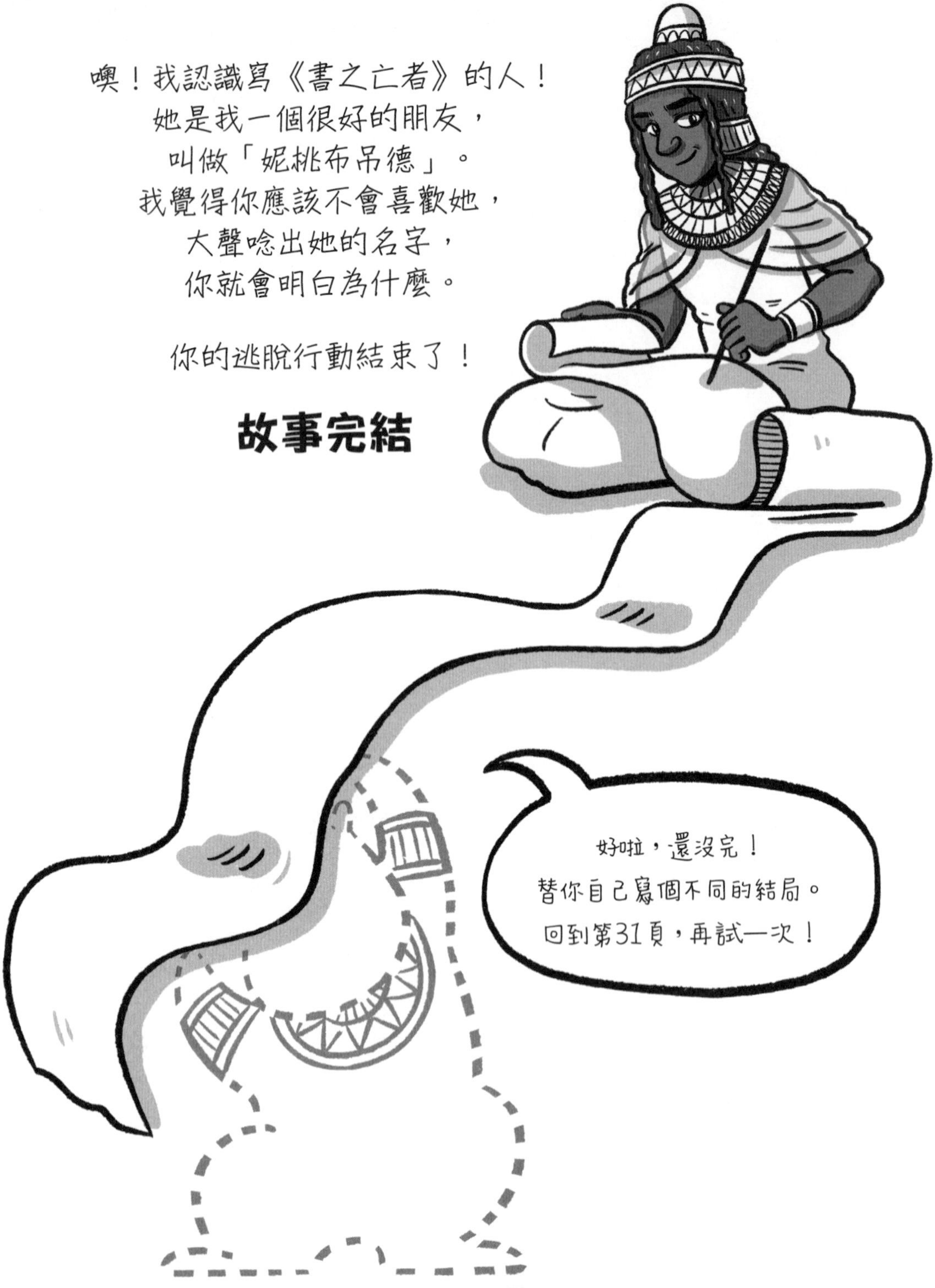
好啦，還沒完！
替你自己寫個不同的結局。
回到第31頁，再試一次！

你聽到岸上的朋友哈哈笑。你帶領的工作團隊中，每個成員彼此都很不同，但所有人都處得很好。古埃及人相信人人都有工作是很重要的事。

177

每個工作團隊都取了名字。你的團隊則一起決定自稱「無眉人」。這是大家對你表達支持的方式。你的貓最近過世了，你和家人為了哀悼牠而拔掉眉毛，一直哀悼到眉毛長回來為止。

你最要好的夥伴丹恩跳進水裡找你打鬧，你們互相潑水玩，然後爬上河岸。其他人也覺得很開心，便唱起一首流行歌。為了跟著一起唱，先把字填進這頁的空白裡。

他就是丹恩！
拔！

按照指示，
在每個空格填入字詞：

(1) 選一個顏色：

____

(2) 你常用的一樣東西：

____

(3) 想一個地點：

____

(4) 填入一個人名：

____

(5) 你最喜歡做的事：

____

(6) 你昨天下午做的一件事：

____

(7) 寫一個數字：

____

← 完成的時候，
翻摺這張紙片

把你剛剛寫的字詞，填進下方對應的空格。現在配上你最愛的曲調，唱出這段歌詞——或用任何你習慣的方式，大聲唱出這段歌詞！

「我帶著 (1) ____________

的 (2) ____________ ，

去找住在 (3) ____________ 的

好朋友 (4) ____________ 。

好好玩啊太開心，回來的時候

我一邊 (5) ____________ ，

一邊 (6) ____________ ，

就這樣持續了 (7) ______ 天。」

等到有人為你的
表演鼓掌後，
翻頁。

玩鬧夠久了，
維齊爾可是等不及
要找個理由開除你呢。
上工的時候到啦！

「好了，」你告訴夥伴們，「我們必須把這個石塊搬到金字塔上面！」

古埃及當時還沒發明夠堅固的帶輪推車來運送大石。你用的是稱為「滑橇」的光滑圓木。你的團隊對滑橇上的石塊又推又拉。滑橇濕的時候更好滾動……先在你們的滑橇上潑水吧！

你們抵達建造中的金字塔底部。石塊大約有 20 頭大河馬那樣重，無法直接往上提。要怎麼把石塊搬上工地？

180

也許可以打造一個環繞型的斜坡，
從金字塔的底部繞到頂端？
等到你們把石頭推上金字塔後，
再移除斜坡。

前往下一頁。

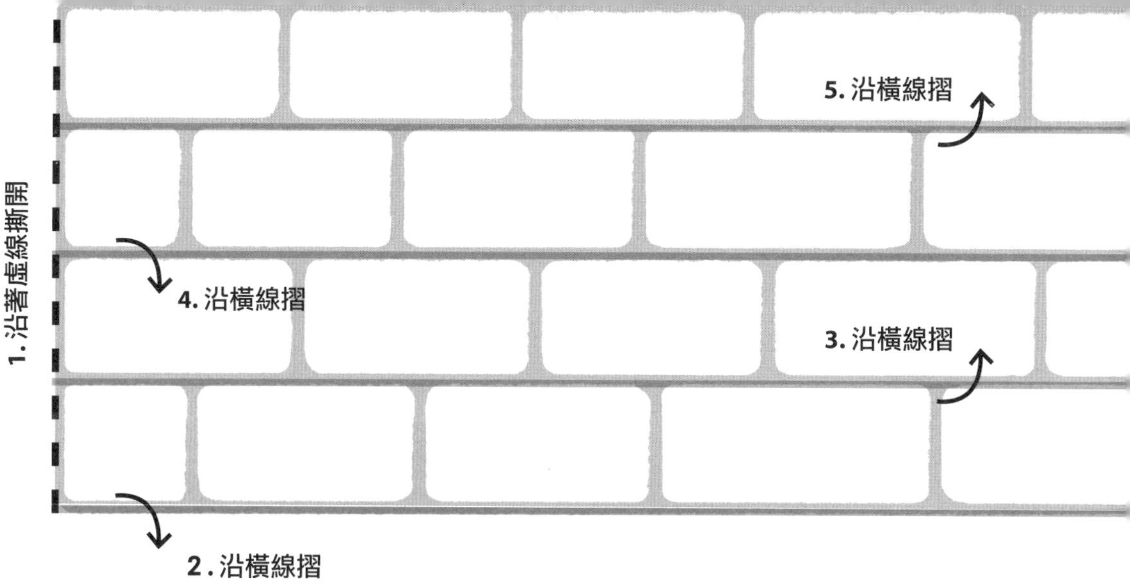
1. 沿著虛線撕開
2. 沿橫線摺
3. 沿橫線摺
4. 沿橫線摺
5. 沿橫線摺

建造你自己的金字塔！

A. 依照指示沿著垂直線撕開，然後照著箭頭的方向，順著每條水平線摺，然後把紙片像階梯一樣立好，你就建造了一部分的金字塔。

B. 現在，用你的知識打動你的老闆維齊爾。你必須將這塊石頭往上運多少層，才能將石塊搬到眼前這座金字塔的頂端？

將那個數字寫在下方的空格裡。

翻到142+____頁。

好啦，給你提示：將金字塔摺好之後，
只要從頁面往上數數看有幾階就行了。

如果你算不出答案，
翻到第184頁。

真不錯，你們把石塊放到定位了！建築團隊很以自己的工作為榮，常會留下記號。你將團隊名用象形文寫在金字塔的牆上，但不打算弄得太花俏。

現在運用下方這些對應數字的象形文，在牆上寫下你出生的年分吧。
提示：想表現12，就畫出一個∩和兩條直線，以此類推，你可以的！

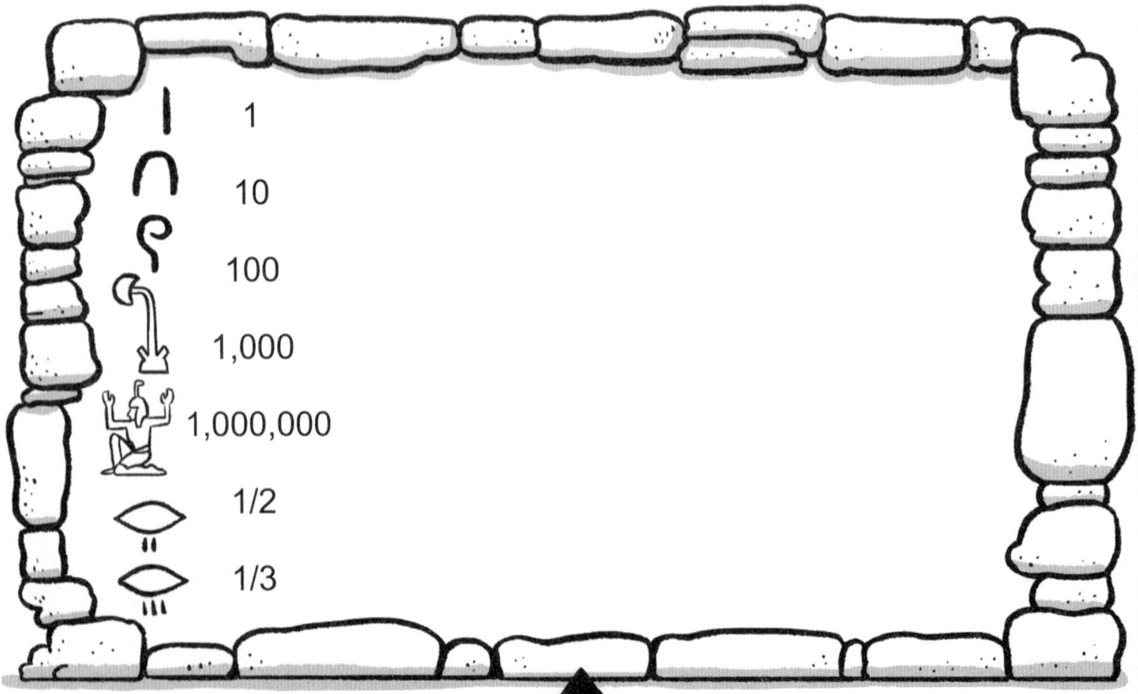
1
10
100
1,000
1,000,000
1/2
1/3

然後翻到第120頁。

你拿著塞尼特棋遊戲，悄悄走進維齊爾的宮殿。你驚險的躲過所有守衛，在他的花園裡找到他……獨自一人。他看到你的時候譏笑說：「你怎麼會來這裡？」

「我來救我朋友的！」你勇敢的大聲宣布。維齊爾似乎不知道你在說什麼，反而指了指那棋盤。「我來跟你下塞尼特棋吧，」他說，「如果我贏了，你就永遠別接近法老。你們不能再當朋友。」

「如果贏的是我呢？」你問。維齊爾只是聳聳肩。「再說吧……」

你確實贏了。遺憾的是，維齊爾這個人沒什麼風度！他可能是整個古埃及最不服輸的人。他叫守衛把你拖到牢裡，你匆匆向自由的世界道別。

故事完結

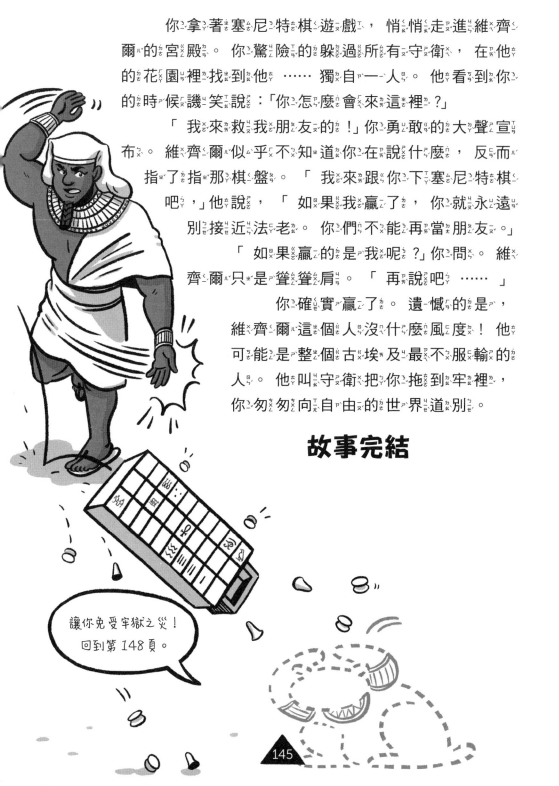

讓你免受牢獄之災！
回到第148頁。

你畫了星星——很好！這可能就是古埃及人抬頭仰望時，在尋找的東西。不過，現在遺跡都在地底，你應該看不到什麼。

「維尼森父子不用多久就會想通我們在哪！」奇歐妮說，「其中一條觀星管道可以帶我們離開這個房間。不過，哪一條才對？」

你若有所思的輕拍下巴說：「我想，管道底部的腦袋圖案一定就是線索！」

「對！」奇歐妮說，「其中一個一定是線索裡提到的母親！如果我們挑對腦袋，就可以逃出去！」

前往下一頁。

腦袋1

我想我可以幫你忙。遵照這些指示：

在腦袋2加上像這樣的假鬍子。
替每張臉畫上粗濃的眼線。
在腦袋2上放上這樣的假髮。
各給兩顆腦袋一枚耳環。
將這條單辮畫在腦袋1的右側。

179

哪個腦袋是一個母親的模樣？
腦袋1？翻到第115頁。
腦袋2？翻到第122頁。

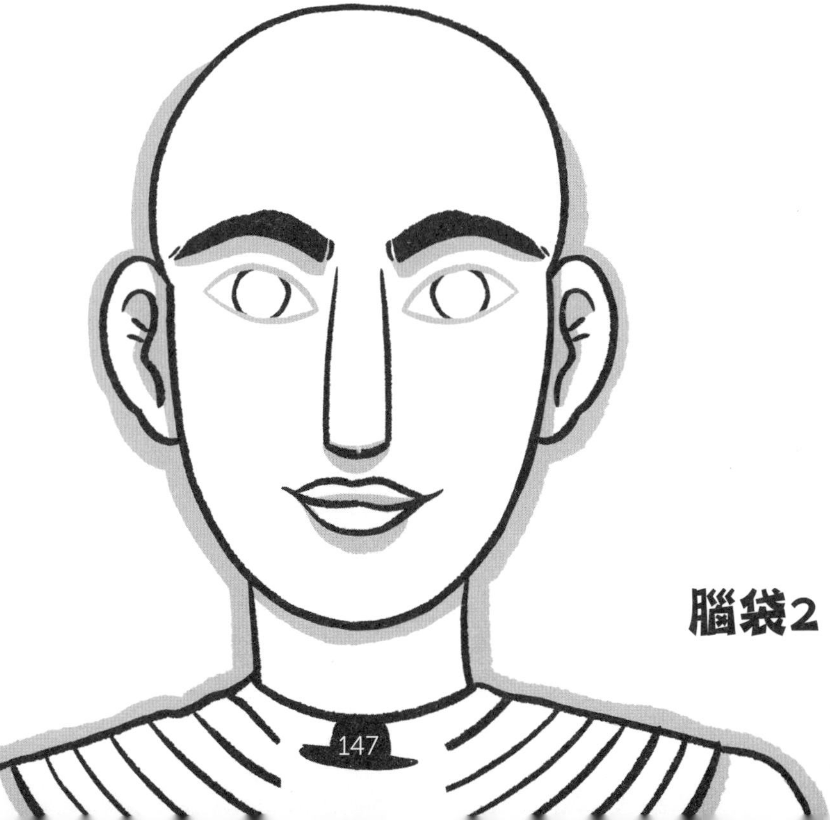

腦袋2

維齊爾是不希望你跟法老當朋友，可是你不敢相信他竟然這麼蠻橫無理。你不希望自己的團隊被你牽連而受罰。你打算承認一切、承擔過錯，免得他們受到傷害。

可是你的家人怎麼辦呢？如果你跟維齊爾撕破臉，你的家人可能也會遭殃。

你應該怎麼辦？

如果你直接去追趕維齊爾和你的團隊，到第150頁去。

如果你先衝回家警告家人，翻到第152頁。

陪葬？！這個字讓你胃痛。

你出生的幾百年前，像傑特王這樣的早期統治者，會犧牲他們的僕人，並將他們做成木乃伊。這樣一來，僕人就可以在來世服侍他們。傑特王的墳墓裡可能有多達 580 具木乃伊僕人。你的法老朋友打算這樣對你和你的團隊嗎？

如果是，你真該選個更好的朋友！

178

在你那個時代，墳墓裡會放薩布提人俑，取代真人。這些小雕像在來世可以神奇的活過來，種田並從事其他勞力活動。富人會在自己的棺木和墓裡放滿這些人俑。他們等著在來世讓人服侍，一根手指都不用動！

法老為什麼要回到以前那種可怕的作法？有人可能有答案！

如果你想去跟偉大的統治者傑特講話，翻到第169頁。
想跟薩布提人俑工匠聊聊嗎？翻到第160頁。

你準備承擔過錯，幫助朋友們脫離維齊爾的掌心。也許逗維齊爾開心會是好主意？你之前做了個叫塞尼特棋的桌遊，打算送給弟弟，但你決定拿來送給維齊爾。先測試一下，確定玩法沒錯。

快速玩一局遊戲吧

1. 找個小東西當你的棋子，放進右下角的格子，然後在左上角的格子再放一枚棋子代表第二個玩家。

   （你可以真的找人一起玩，或自己扮演2個玩家。）

2. 輪流拋硬幣，丟出頭像就走3格；丟出數字就走4格。
3. 你可以朝任何方向走和轉彎，但只要格子有東西或被對手占領，你就不能使用或經過。
4. 先抵達對方起點的玩家就算贏。

玩家2從這裡起步

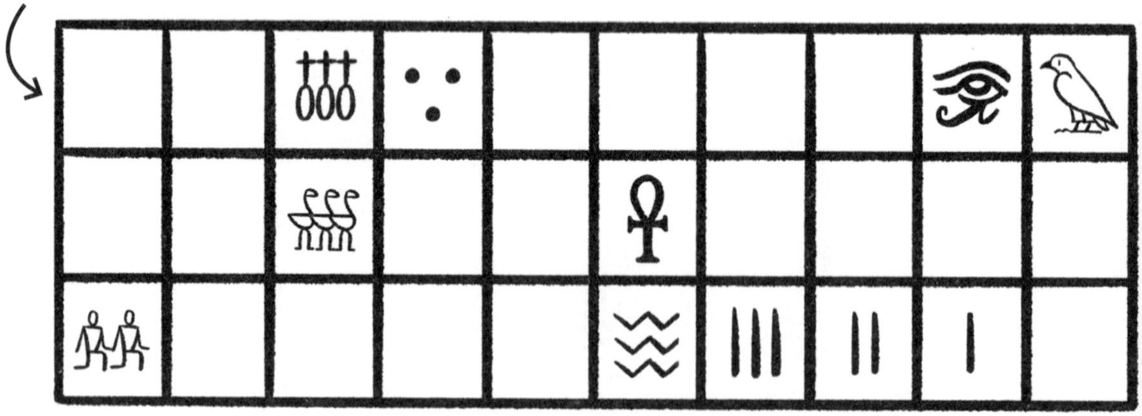

你從這裡起步

你知道在圖坦卡門王的墳墓裡，
曾發現一組塞尼特棋嗎？那是西洋棋的早期版本，
不過沒人能完全確定這種棋要怎麼玩！

試玩過後，翻到第145頁。

莎草紙對你家人來說太貴了，所以你弟弟把訊息寫在破陶片上。古埃及人很少能識字。不過，因為你的新工作還不錯，你和弟弟學了一些字。但他偶爾還是會寫錯。把下面那些寫錯的字改過來吧，讓這則訊息讀得通。

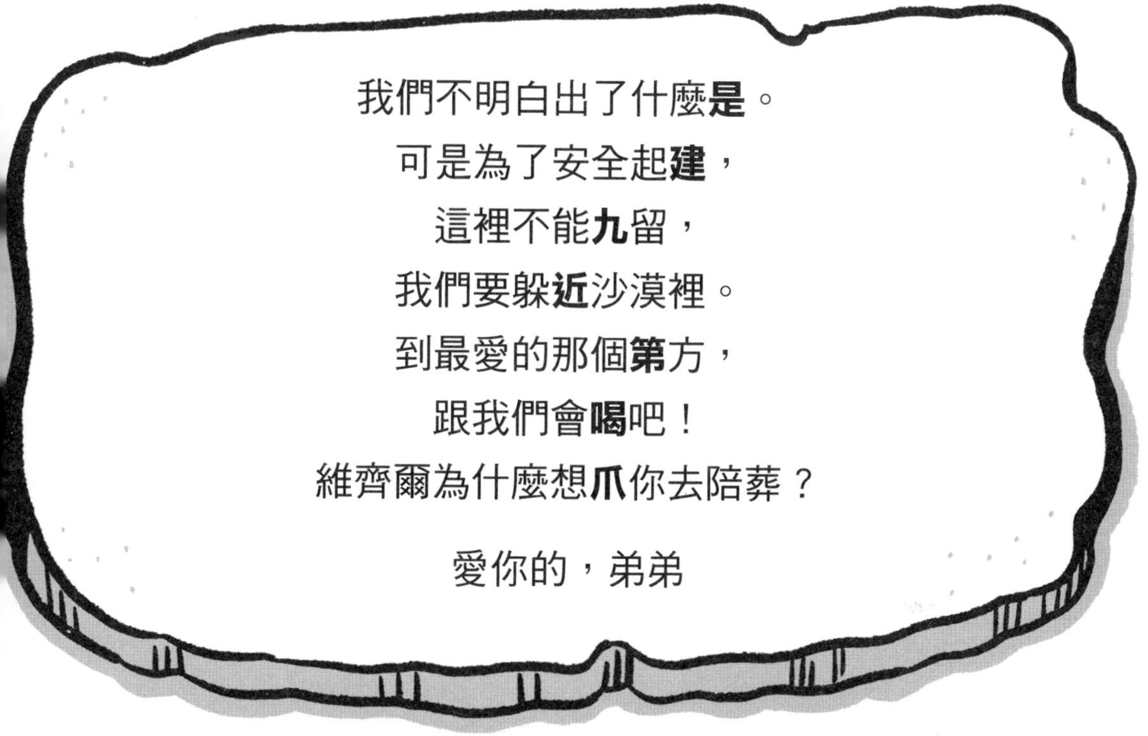
我們不明白出了什麼**是**。
可是為了安全起**建**，
這裡不能**九**留，
我們要躲**近**沙漠裡。
到最愛的那個**第**方，
跟我們會**喝**吧！
維齊爾為什麼想**爪**你去陪葬？
愛你的，弟弟

等等，有一個錯字是你弟弟故意寫錯的。
把它找出來，填到下面的空格，
就知道下一步要去哪。
翻到第一百四十____頁。

卡住了嗎？
翻到第184頁
找答案。

你轉錯彎了，
再試一次！

太棒了！
到第154頁。

你衝回村莊。那些街道感覺好窄——你伸出手就能摸到道路兩側的房子。

幸好你因為擔憂而分心，沒注意到村莊的氣味。
人們不但在座位下放沙盆來當馬桶，
還到處都有動物的排泄物，全村臭烘烘。

奔跑出下方的迷宮，
注意腳步！撕開你抵達的終點，
翻過紙片看看下一步。

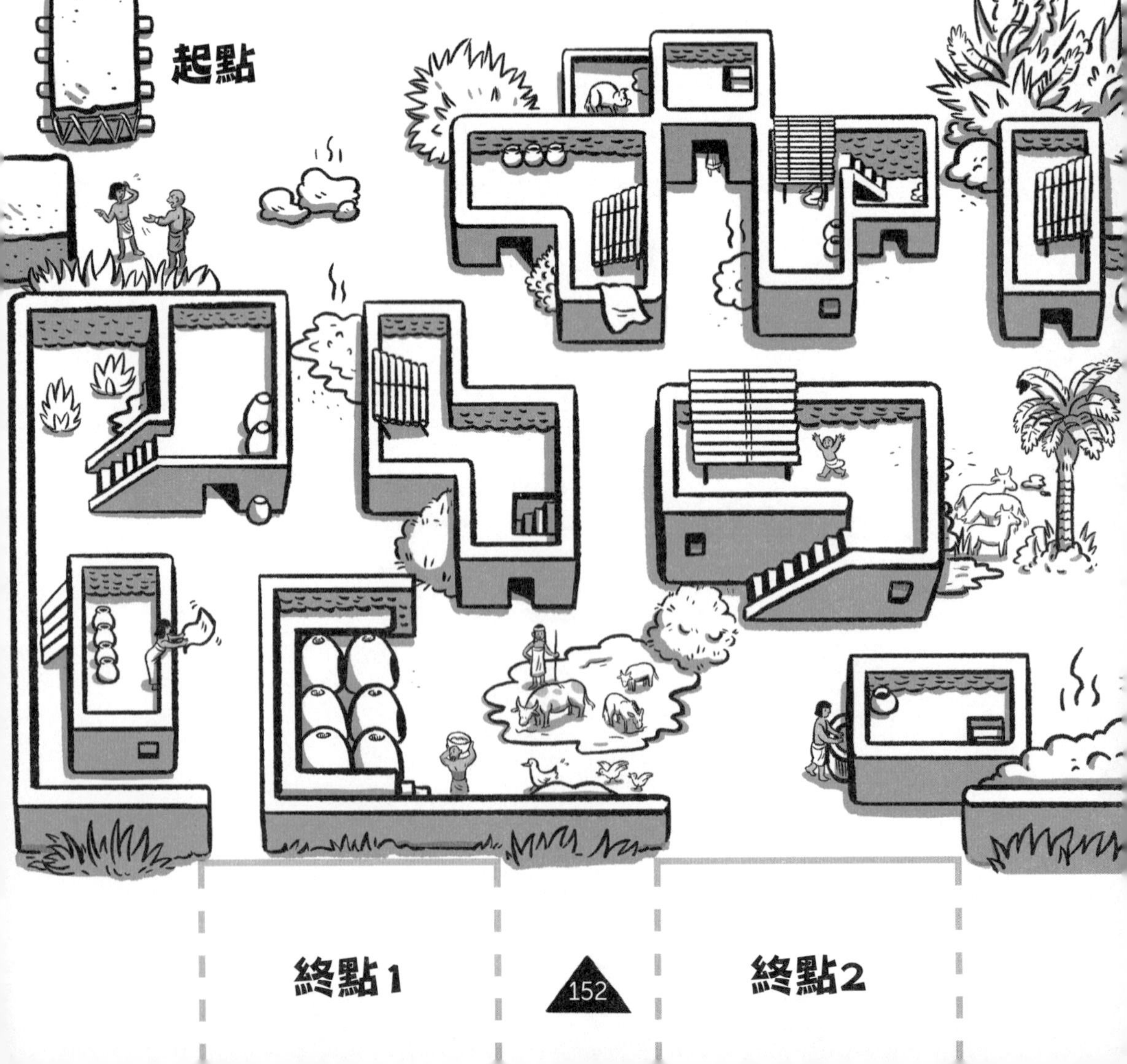
起點
終點1
終點2

你畫了什麼不該畫的嗎？現在這狀況非常、非常不對勁。看看四周吧，還需要我多說嗎？

故事完結

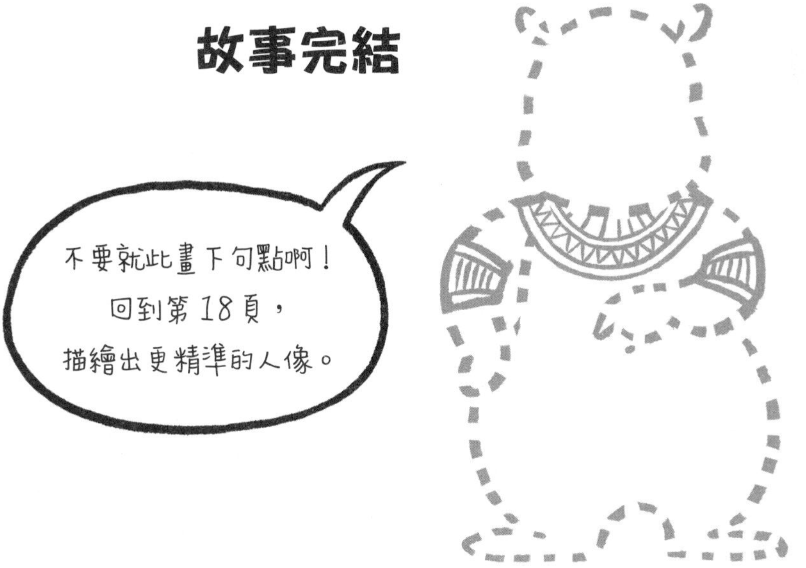
不要就此畫下句點啊！
回到第 18 頁，
描繪出更精準的人像。

你快到家的時候，一位鄰居告訴你：「你家人到沙漠去埋葬你的貓了。」

你很意外。貓下葬的日子明明排在明天。家人為什麼提早離開？

你走進家裡，家人真的都不在。大房間空蕩蕩的，只剩下兩張椅凳、一只箱子、幾個儲藏罐、你睡覺用的地墊。架子上有祭拜祖先的擺設和幾座神像。

當然啦，所有東西都不是木頭製的。木頭太稀有了。

我想你弟弟可能留了個訊息給你。
你有沒有看到破陶片？
1
5
1

看看破陶片屬於哪個罐子，把號碼寫到對應的罐子上。
最後得到什麼數字？翻到那一頁去。

卡住了嗎？到第184頁找答案！

你不確定薩布提工匠的立場，所以小心的問：「你知道維齊爾……他對法老陵墓的計畫嗎？」男人點頭並說：「他要那麼多個人俑，又不給我足夠的時間。把你跟其他人做成木乃伊就簡單多了。」

「那就是他的計、計畫？」你吞吞吐吐。你可不希望自己的大腦從鼻子被扯出來，然後整個人被做成木乃伊！

「你本來不知道？」男人問。「我不敢相信法老會做這樣的事。」你說。「法老不知情，全是維齊爾的主意。」他回答。

你必須把這件事告訴你的法老朋友——希望還來得及。

「等等！」男人呼喚，可是你已經衝出工作室。你的第一個直覺是到法老的宮殿去，可是你永遠過不了守衛那一關。法老還可能去哪裡？

為了腦力激盪，先在這裡畫出你最愛的地方。
然後翻到第18頁。

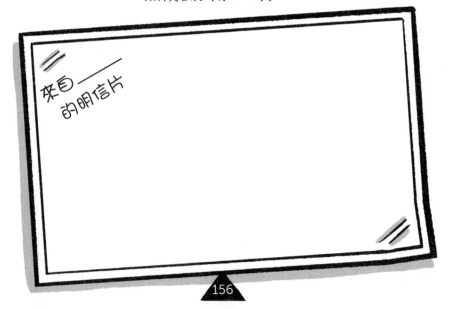

來自＿＿＿的明信片

好方法！現在你有兩輛戰車可以選。

你決定直接跳上離你最近的這輛，馬上出發嗎？
到第166頁。

還是花功夫先破壞一輛，這樣就沒人能來追你？
沿著虛線撕開，摺起紙片，然後讀讀背面！

「糕——糟!」奇歐妮說。等等，她說什麼？

「麼什?」你問。你到底在說什麼?

「了錯弄們我。」她告訴你。

噢，我懂了！你搞錯了象形文字的方向。
現在不管什麼都前後顛倒了！

你和妹妹試著弄清楚現況的時候，維尼森父子衝進墓室。「了們你到逮們我!」他們同聲大喊。

故事完結

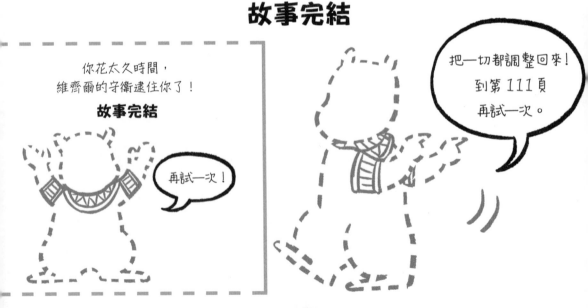

你花太久時間，
維齊爾的守衛逮住你了！

故事完結

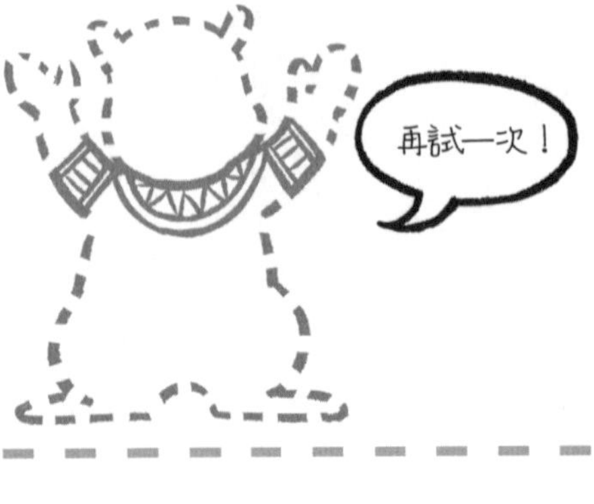
再試一次！

把一切都調整回來！
到第111頁
再試一次。

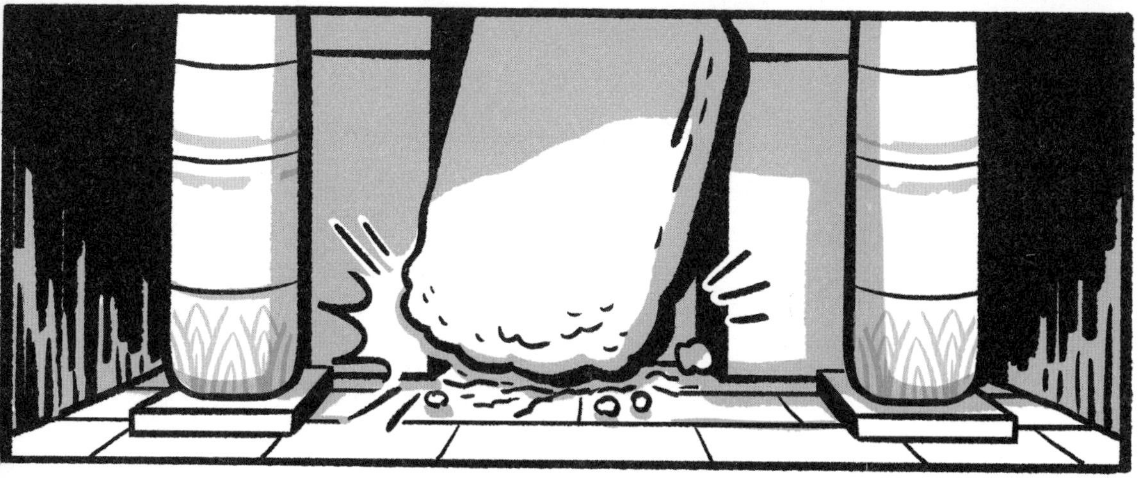

天啊，我還以為我提過，在古埃及，
貓有著如神一般的地位。
而你竟然困住了一隻貓？
難怪突然有石板掉落在墓室門口，
奪走你逃走的任何機會，永永遠遠。

現在輪到誰受困了啊？

故事完結

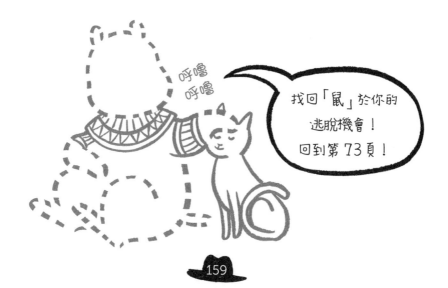

呼嚕
呼嚕
找回「鼠」於你的
逃脫機會！
回到第 73 頁！

你沿路躲進陰影，拔腿奔向薩布堤工匠的工作室。你看著工匠正在處理的一排排人俑。每個人俑上都刻了一道咒語。當亡者說出咒語時，人俑就會活起來。有的人俑帶著小小的工具，這樣可以在永恆的來世使用。

如果是你，想要什麼樣的薩布堤？畫在這裡。
別忘了幫人俑加衣服和工具！

徵求得力幫手
注意：但要等到來世才上工。

完成了嗎？到第156頁去！

你牽著妹妹的手，拉著她沿通道快跑。你覺得墓通常都是「埋起來的」——那應該要前往地底的方向找棺木才對，是嗎？錯。至少這次不是這樣子的，而這可是關係安危的一次選擇。

「找到啦，困住他們了！」你聽到維尼森博士告訴他兒子。他們就在你們後面，你們恐怕無路可逃了。

故事完結

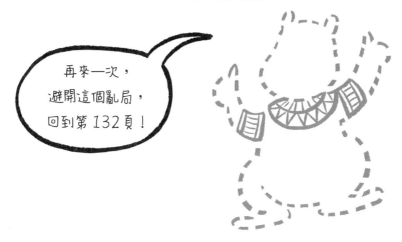

再來一次，
避開這個亂局，
回到第 132 頁！

你還是很擔憂，會不會是什麼嚴重的消息？

他昨天帶你和你朋友去打獵演習時，明明還好好的啊。他命令僕人製作怪獸造型的標靶，要你們瞄準、拋出長矛。你爸爸跟你一樣，很喜歡遊戲活動——規模越大越好！

也許其中有長矛不小心刺中你爸爸？請你一邊回憶，一邊畫出每根長矛的射擊路線。

我替你完成了一條路線。為什麼？
因為我是大好人！

如果有長矛擊中你爸爸，翻到第23頁。
如果所有的長矛都沒射到你爸，翻到第133頁。

終於到地面了！現在你們得快點回營地找媽媽。

你們有沒有花點力氣，把挖到的船隻組件帶走？

翻到第107頁。

或者只是拔腿奔入黑夜？翻到第119頁。

嘶～咯～～

抱歉，我想有東西跑進我眼睛裡了……等等，這是真的？！古埃及人相信，如果你把東西畫得很像那麼一回事，就非常可能成真。

這個結局真不愉快！

故事完結

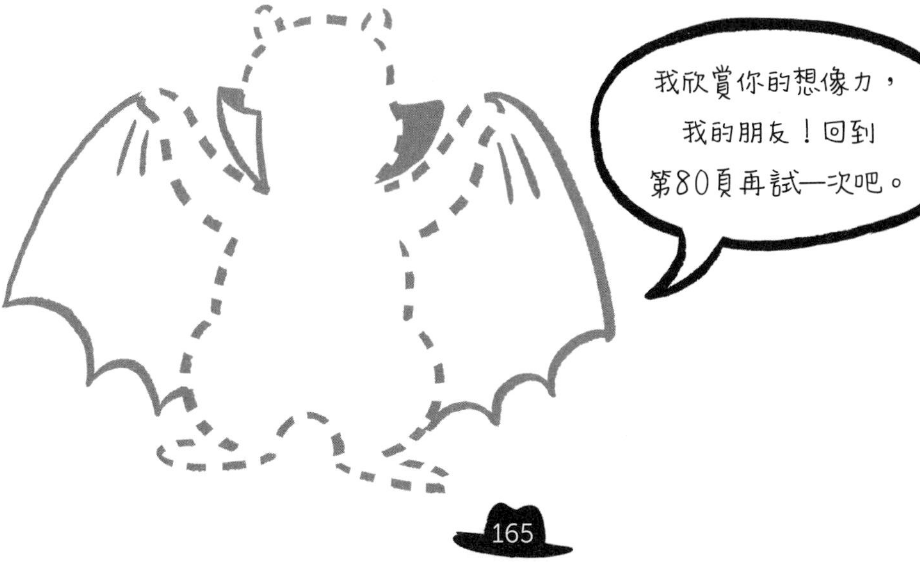
我欣賞你的想像力，
我的朋友！回到
第80頁再試一次吧。

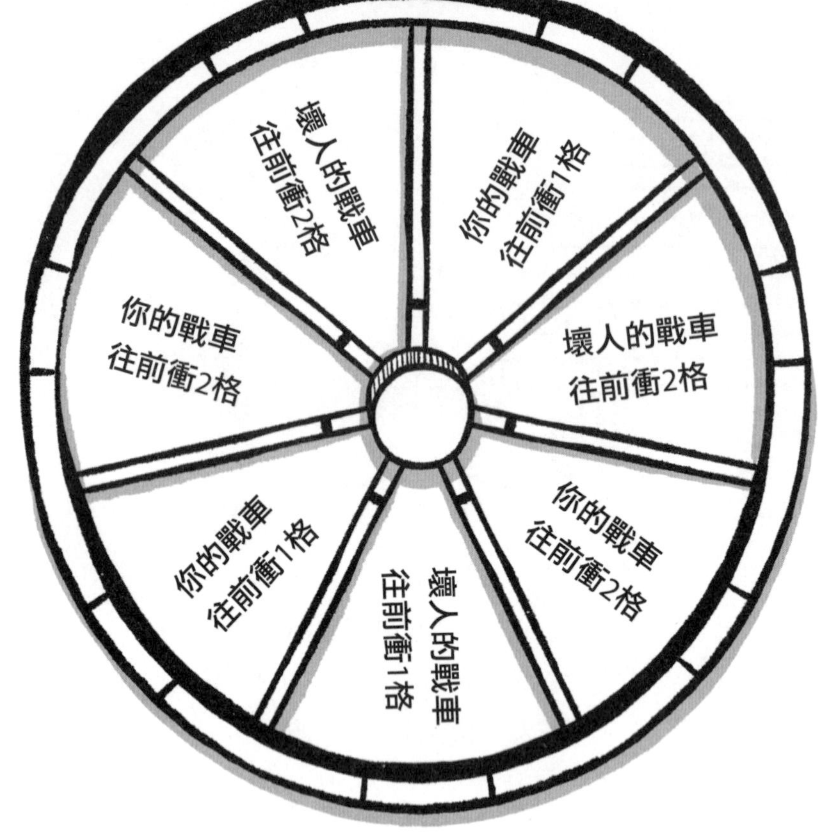
壞人的戰車往前衝2格
你的戰車往前衝1格
你的戰車往前衝2格
壞人的戰車往前衝2格
你的戰車往前衝1格
壞人的戰車往前衝1格
你的戰車往前衝2格

這會是一場你永生難忘的戰車競賽！

一名守衛跳進了另一輛戰車，在你後面窮追不捨。如果你不夠快（或不夠好運！），他就會追上你。衝啊！

接下來這麼做：

1. 自己一人玩這個遊戲。把手指放在這頁的輪子上，閉上眼睛，並且讓手指繞圈。
2. 數到三。一數完，手指就往下點。
3. 張開眼睛，按照離你手指最近的那格指示走。例如，格子裡寫「你的戰車往前衝2格」，你就在下一頁，沿著你戰車左邊的虛線往上撕兩格，將紙片往上摺，然後讀背後的文字。
4. 看誰的戰車先抵達頂端！

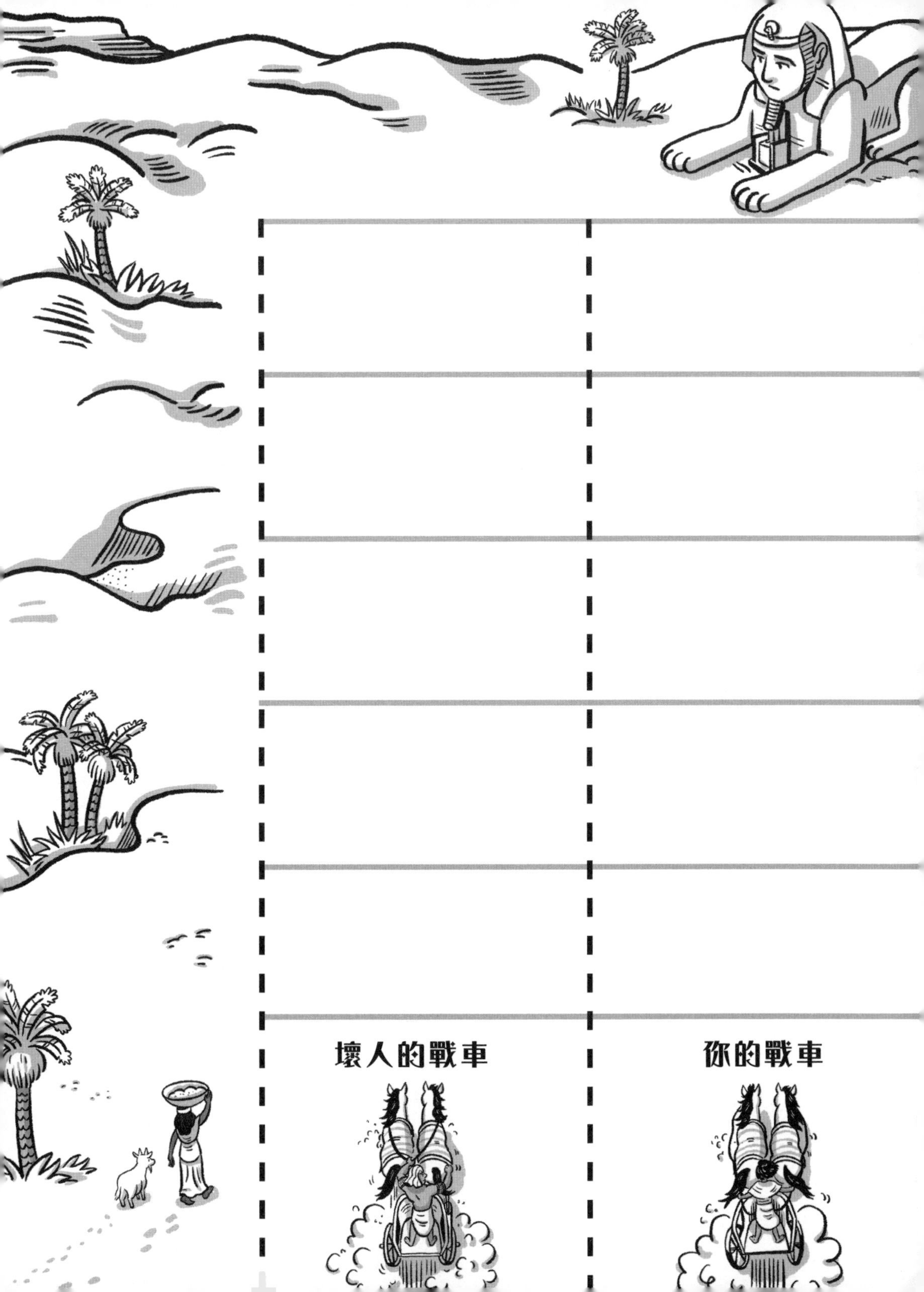
壞人的戰車
你的戰車

壞人的戰車

噢！壞人來了！

當心壞人啊！

壞人速度很快！

壞人要追上啦！

壞人先抵達這裡了嗎？
攤平這兩張紙片，
重新開始！

你的戰車

這是好的起步。

繼續前進！

你辦得到的。

再快一點就行了！

你辦到了，
漂亮的領先壞人！
翻到第170頁！

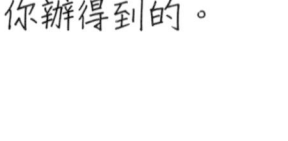

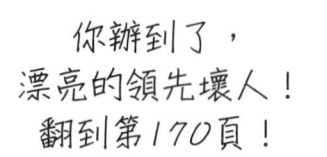

守衛被沙塵蓋住，
你領先更多了！
翻到第172頁。

氣球還沒發明出來！
再試一次。

你悄悄走進傑特王在的地方。可是守衛一定看到你了！當你正要打擾傑特王時，一群守衛衝進房間抓你。

別難過，就算沒被逮住，這個統治者也不會理你的。

你不記得嗎？
我跟你說過，傑特國王幾百年前就過世了！

故事完結

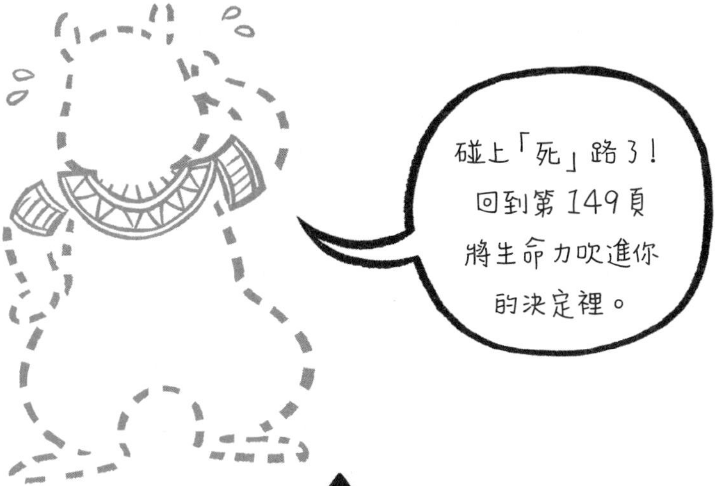
碰上「死」路了！
回到第149頁
將生命力吹進你
的決定裡。

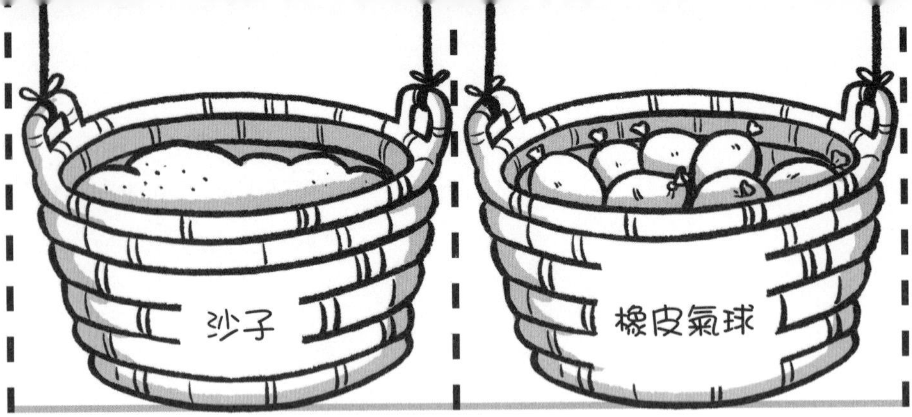
沙子
橡皮氣球

太棒了！你目前領先，但壞人依然緊追不捨。

你知道弓箭手很愛戰車嗎？因為他們可以把韁繩綁在腰間，空出雙手來射箭。維齊爾的守衛正準備這麼做。

你必須拖慢他的速度！

畫一把箭射中其中一個籃子，將籃子掀倒。
好好選！將你射中的東西沿線撕開，把紙片往下摺。

水
洗髮精

水濺了出來，
馬上被乾燥的地面吸光。
再試一次。

泡沫，
洗髮精根本沒作用，
阻擋不了壞人。
再試一次。

太棒了！你大幅超前另一輛戰車，甩開對方，駕車到沙漠找家人。很快的，你看到了他們。你立刻跳下戰車，擁抱你弟弟和父母。

「你到哪去了？」他們背後有個聲音問。

原來是你的好朋友丹恩。他平安無事！你鬆了一口氣，然後問：「你發生什麼事了？」

「說來話長。」丹恩面帶笑容說，「重點是法老看到你留給他的警告。他真的很感激你！他給我們整個團隊加了不少薪，也派了條件更好的工作給我們！我們明天就可以復工了！」

呀呼！你朝空中揮動雙手。你這場逃脫行動雖然辛苦，但也很值得了！

前往下一頁。

畫你自己在家人和丹恩身邊，
開開心心的跳上跳下。

完成的時候，翻到第74頁。

你的快艇看起來很搶眼……但是最後卻沉到河底。歷史上第一艘馬達驅動船，要到西元 1886 年左右才會被發明出來，那是好幾千年後的事。總之，你這艘在古埃及的船仍然是蘆葦製的，被馬達一重壓，整艘船就往下沉！

故事完結

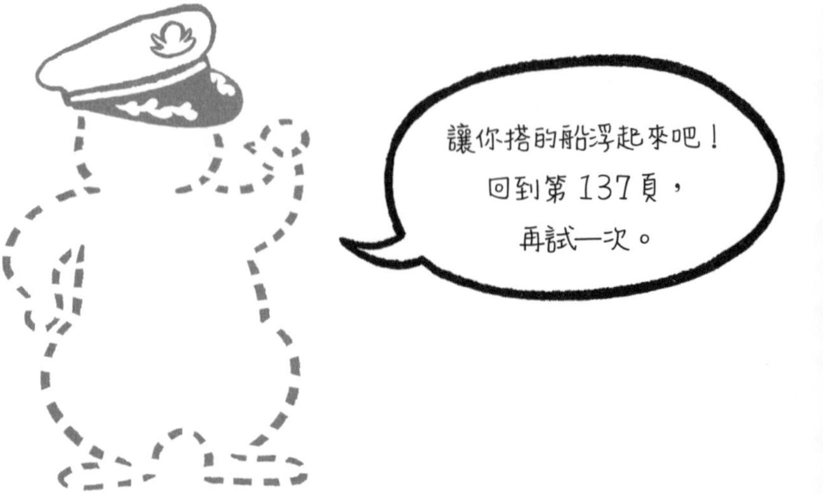
讓你搭的船浮起來吧！
回到第 137 頁，
再試一次。

逃脫大師檔案

世界木乃伊時報 西元1923年

圖坦卡門王的詛咒再次發威！

又一位擅闖圖坦卡門王陵墓的人神祕的過世了。我們應該覺得意外嗎？說到底，這位年輕法老的棺木內側可是刻著這些字：碰觸這位法老墳墓的人，死神將揮動翅膀朝他疾飛。

結果考古發現，這段銘文根本不存在！所有的「神祕」死亡事件，後來都找到相關原因，能好好的解釋清楚。報紙之所以刊登這則故事，是為了吸引更多人來買。

歡迎來到古代世界七大奇觀網站！

吉薩的金字塔：這份清單上最古老，也是碩果僅存的遺址。其他的遺址不是沒找到，就是已經被摧毀了。

巴比倫空中花園：精巧美麗的梯形露臺，但從未被找到過。

奧林匹亞的宙斯神像：宙斯坐在寶座、高達12公尺的巨型雕像。

以弗所的阿提密斯神殿：裝飾華麗的巨型建築，圓柱多達130根以上。

羅德島的太陽神銅像：建造在港口的超大雕像，高度超過30公尺。

亞歷山卓港的法羅斯島燈塔：超過100公尺高，史上最知名的燈塔之一。

摩索拉斯王陵墓：一位古代國王的陵墓，不僅規模宏偉，雕塑也很華麗可觀。

法老的時尚雜誌

想當這一季打扮得最亮眼的法老嗎？別忘了你的權杖（象徵王權）和你的連枷（象徵著土地的豐饒）！還有無論到哪裡都要戴著王冠！這頂王冠像是由兩頂結合為一頂：一部分代表上埃及，另一部分代表下埃及。

木乃伊大師訓練：第55號祕訣

將亡者做成木乃伊，是為了得到永恆的來世。可是為了抵達來世，首先必須通過冥界的危險挑戰！

別放棄，撐住！

據說像貓的生物可以將阿佩普趕走。

埃及神祇字典

哈（HA）：西方沙漠之神

哈索爾（HATHOR）：歡娛女神，掌管舞蹈和音樂等。

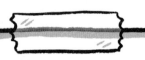

雙輪戰車和駕駛者雜誌

就定位，預備……出發！

雖然已經有幾千年歷史，在圖坦卡門國王的墓裡找到的六輛戰車保存狀態相當好！

西元1954年的大發現

考古學家在大金字塔旁，挖掘出一艘斷成五截的船。那位法老計畫在重生的時候，和太陽神一同駕著這艘船橫越天際。很多人相信，這艘將近45公尺的船，如果重新拼組起來，可能還是可以在水上行駛！

有景可看的陵墓

有些研究者認為，古代天文學家可能用金字塔裡的管道來研究星象並畫出天象圖。

永遠的好朋友！

考古學家在金字塔的石塊上，發現一些數千年前的建造團隊的名字。打造金字塔的人共事多年，有可能會變成好朋友。他們會替自己的工作團隊取「古夫的純潔者」這類的名字（古夫是一位法老）。

非常重要！

古埃及人相信惡行會讓自己的心變重。好人的心據說比羽毛還要輕盈！

古埃及人的年齡表

古埃及的父母很愛他們的孩子。只要能力可及，就會送孩子很多玩具、遊戲…… 和異國的寵物，像是彩色的小鳥和狒狒。古埃及小孩的童年期間（雖然時間短暫）充滿了競賽型運動和有趣的活動。

5歲　不論男生或女生，都開始替父母工作或開始上學。

14歲　女生結婚；男生年紀大點才結婚。

40歲　古代的埃及人不太可能活超過這個年紀。

100歲　統治古埃及最久的國王佩比二世有可能活到了這個高壽。

超級人面獅身的問答專欄

親愛的超級人面獅身：

等我到了來生，我完全不想工作，連一根手指也不想動。我應該怎麼做？

一位煩惱的法老

親愛的煩惱法老：

我要分享一個祕訣給你──薩布堤！你蒐集越多薩布堤越好。這些人俑會在來世活過來，替你擔起所有的工作。要不然，你也可以試著「說服」580個僕人飲下毒藥，傑特國王可能就這麼做過。祝你好運！

超級人面獅身

看透藝術！

在古代的畫作裡，埃及統治者看起來都很勻稱健康，可是那不見得都是真的。有些法老，比方說哈謝普蘇，由於可口的甜點，像是蜂蜜與乾果，體重可能就超重，或許也罹患了糖尿病。圖坦卡門國王有一隻腳有問題、脊椎彎曲，而且走路可能要靠楞杖。

墳墓陷阱　型號2.5

我們最新型的墳墓陷阱是按照古埃及的樣式做成的，這個樣式在1944年逮住了一個想盜墓的人。當時他把手伸進棺木、想抓走財寶，結果棺蓋掉下來，困住了他，接著上方的石塊又塌下來壓住他！

萬聖節活動雜誌

你的古埃及造型清單！

想在下一場扮裝派對上做出合宜的打扮嗎？這裡有古埃及的裝扮法則可以參考。

	男人	女人
化妝	V	V
單髮辮	V	
假鬍子	V	V
拔掉頭髮並戴假髮	V	V

哈謝普蘇這位女法老的人像畫作裡，畫有假鬍子——象徵她的權勢！

數貓競賽！

想贏得幾萬隻木乃伊貓嗎？你的機會來了！大約130年前，一位埃及農夫在挖沙地的時候發現了一個集體埋葬場。他挖出了幾十萬具來自西元前一千年左右的木乃伊貓！有些賣給了觀光客，另外有很多當成肥料賣出去。事實上，有十八萬具木乃伊貓遍布在英格蘭各地，滋養穀物生長。你猜得到那位農夫當初到底發現了多少具木乃伊貓嗎？將你猜想的答案寄到……

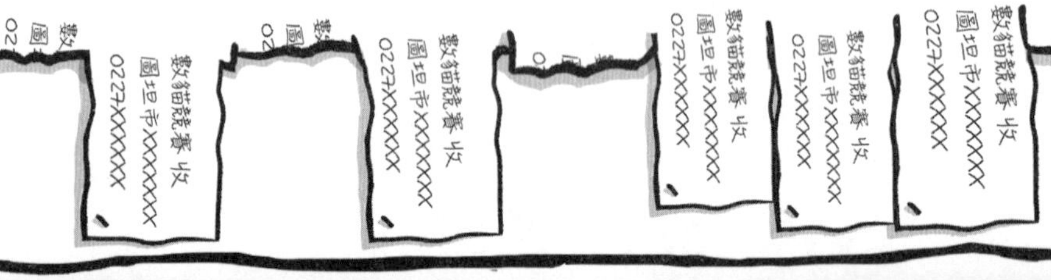

數貓競賽 收
圖坦市XXXXXX
0227XXXXXX

坡道幫手公司

貴團隊在建造金字塔的時候，有沒有注意到，要把石塊直接往上拖太費功夫？我們敢打賭，您一定發現了這個問題！何不讓我們替您打造一個繞著工地的臨時坡道？您可以用和緩許多的坡度拉著石塊繞著往上走。只要在工程結束的時候把坡道拆掉就好。這裡有兩款坡道樣式提供給您參考！

樣式A

樣式B

徵求挖掘過去的高手

古魔法博物館想要招募一位考古學家。如果你喜歡挖掘他人的過去……呃，我們的意思是，如果你喜歡檢視先人遺留的物品，來鑽研過往的文化，這份工作可能很適合你！

像古埃及人一樣上門看病！

「我來自古代世界，當我生病的時候，到埃及治病最好！」十四歲來自古羅馬的葛里說，「那裡的診所是最棒的。負責治療你的人會用鱷魚的便便敷滿你全身，不過為了斬除討厭的惡魔，這樣做是很值得的！」

悲傷的是，古埃及確實有奴隸制度，受奴役的人會在野外以及人們的住家中工作。不過，跟很多學者原本的推論不同，這些奴隸並未參與建造古埃及的大金字塔。金字塔工人是擁有自由身的古埃及人，有些人也是農夫，他們每年必須撥幾個月的時間投入法老的宏大計畫。

困住了嗎？這裡有謎題解答

第23頁：

第41頁：　咒語是：願你以雙腳步行；願你不需倒立走。

第53頁：　這則字畫謎是：醫生用來治胃痛的藥，可以通往正確的門，到達母星。

第65頁：　拼起來會變成：回到第16頁。

第73頁：　彈珠從管道頂端落下後，路線如下：彈珠滾下樓梯，擊中骨牌，然後碰倒一杯水。水注滿碗，碗讓板子傾斜，使得靴子撞上那顆在平臺上的球。球接著滾下，碰到倉鼠滾輪，使得倉鼠奔跑了起來，於是牽動連著的帶子。那條帶子拉著模型手往下轉，擦過火柴，點燃蠟燭。火焰燒斷繩子，於是另一端的砝碼壓在氣球上，擠出空氣，吹倒刀子。刀子切斷線繩，最後使籠子落在老鼠上。

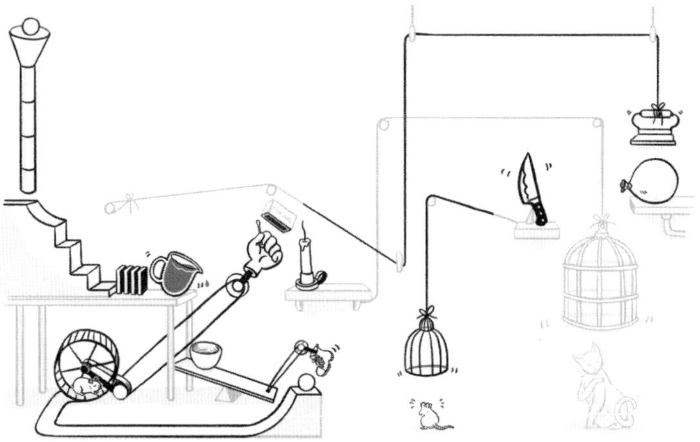

第 79頁：

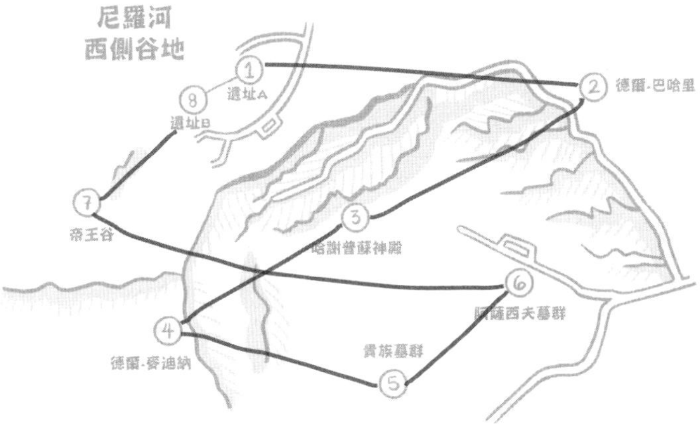
尼羅河
西側谷地
遺址A
遺址B
德爾-巴哈里
帝王谷
哈謝普蘇神殿
阿薩西夫墓群
貴族墓群
德爾-麥迪納

第 83頁：

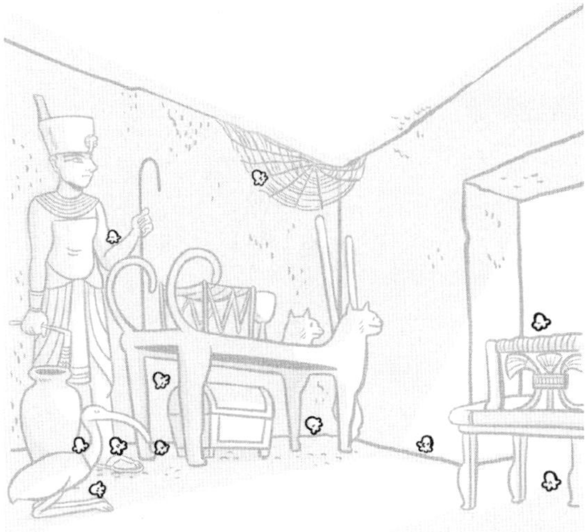

第 93頁： 翻到第95頁。

第 95頁：

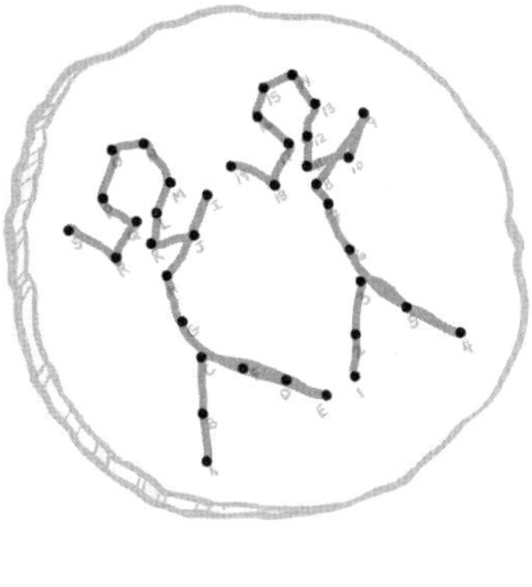

第99頁： 有三具相同模樣的木乃伊貓，那就表示你應該翻到第100頁。

第102頁： 這則字畫謎的解答是：逃脫用的鑰匙在棺目（木）裡。

第133頁： 正確的答案是22。

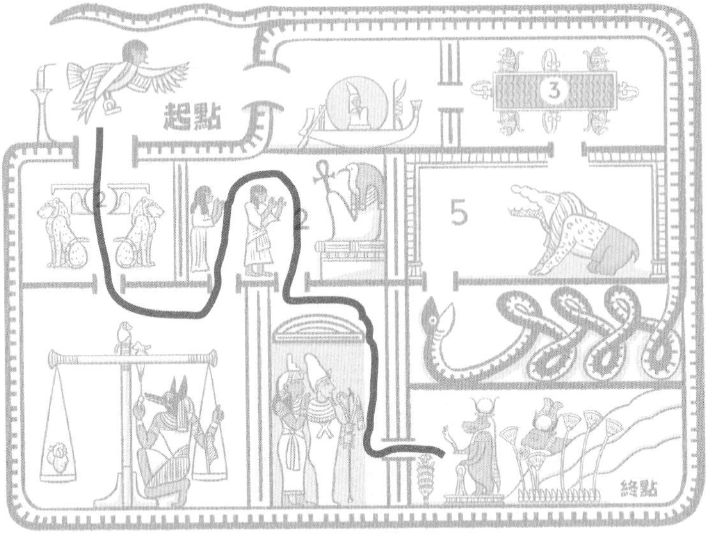

起點
3
2
2
5
終點

第138頁： 翻到第84頁。

第143頁： 翻到第144頁（142+2）。

第151頁： 答案是翻到第一百四十「九」頁。

第155頁： 翻到第151頁。

恭喜啊！

你證明了自己的逃脫能力，的確夠認真、也有天分能當我的助理……或許終有一天你也可以成為逃脫大師。

好了，我會按照承諾，透露更多關於自己的事。

但你必須破解我給你的字謎。

你經歷了這本書的冒險，想必還很熟悉下面這些字詞吧。找出它們不對勁的地方，這些就是解開我重要線索的關鍵，你會需要它們來拼成完整的訊息。

偉大的法**牢**　　墓室裡的**關**木

製作木乃**一**

古埃及**今**字塔　　薩布堤人俑**功**匠

如〔　　〕，我被〔　　〕起來了。這是世界上唯〔　　〕能〔　　〕住我的〔　　〕房。但如果我的書可以成〔　　〕訓練你助我〔　　〕臂之力……這狀況應該就不會持續太久。

繼續破解更多謎題，像我一樣完成許許多多精彩又偉大的逃脫旅程吧！總有一天我們會相見！

伊弗洛・切里胥韋斯，
人人崇拜的逃脫大師